Unlimited World《アンリミテッド ワールド》
～生産職の戦いは9割が準備です～
あきさけ
Illustration ふぇありぃあい

トワ（都築《つづき》 悠《ゆう》）
ユキ（海藤《かいどう》雪音《ゆきね》）

イリス
柚月《ゆづき》
ドワン

都築遙華《つづきはるか》
海藤陸斗《かいどうりくと》

# Unlimited World《アンリミテッド ワールド》

## ～生産職の戦いは9割が準備です～

あきさけ

Illustration　ふぇありぃあい

新紀元社

# CONTENTS



Unlimited World

# 第一章 Unlimited World Start

「〈Ｕｎｌｉｍｉｔｅｄ　Ｗｏｒｌｄ〉？」

高校受験を終えて春休みも間近に迫った中学三年の三月某日の昼休み。俺、都築悠《つづきゆう》は、幼なじみで恋人でもある海藤雪音《かいどうゆきね》を〈Ｕｎｌｉｍｉｔｅｄ　Ｗｏｒｌｄ〉へと誘った。

〈Ｕｎｌｉｍｉｔｅｄ　Ｗｏｒｌｄ〉、それはこの春から正式サービスが開始されるＶＲＭＭＯＲＰＧだ。ＶＲ技術が広く普及し、一般的になった現在、オンラインゲームの分野においても、ＶＲ系のゲームは多数存在していた。

〈Ｕｎｌｉｍｉｔｅｄ　Ｗｏｒｌｄ〉は、そのようなＶＲＭＭＯＲＰＧのひとつとして、開発されたゲームである。

「あー、それって、悠くん、遥華《はるか》ちゃん、それに陸斗《りくと》が、冬休みごろにβテストで遊んでたゲームだよね？」

俺と俺の妹の遥華、それに雪音の双子の弟の陸斗の三人は、冬に開催されていた〈Ｕｎｌｉｍｉｔｅｄ　Ｗｏｒｌｄ〉のβテストに参加していた。正確には、俺たち四人でβテストに参加しようと申し込み、雪音『だけ』が落選して参加できなかったのだが。

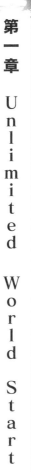

「そう、それ。正式サービスがもうすぐ始まるんだけど、今度こそ雪音も一緒にどうかなと思って」

「それは一緒に遊びたいけど……。ソフトの事前予約段階で一次出荷分は売り切れ、って聞いたよ？」

雪音のほうでも多少は調べていたらしい。一緒に遊びたいけど、遊べないという気持ちが伝わってくる。まあ、そこは問題ないのだけど。

「そこは大丈夫。自分の分と、もうひとつ別にソフトトライセンスを用意したから」

βテスト参加者は優先でソフトが購入できる。そのほかにオプションで、もう一本分のライセンスが追加購入できる権利があった。

これのおかげで、苦労せずに雪音を〈Ｕｎｌｉｍｉｔｅｄ Ｗｏｒｌｄ〉へと誘うことができた。

「そういうことなら、一緒に遊びたいな。冬休みは、私ひとりだけ仲間ハズレだったし……」

結果的に自分だけゲームができなかったことについて、雪音は不満げに言ってくる。

「あー……それはゴメン。でも、その分はしっかりフォローするから」

俺がしっかりフォローすることを告げると、雪音も機嫌を直してくれたようだ。

「うん、じゃあしっかりフォローしてもらうということで。悠くんは、やっぱり生産系なの？」

俺の場合、ＭＭＯＲＰＧでは生産系の職業でプレイするのが恒例となっている。勿論《もちろん》、生産系といっても、戦闘はするのだが、メインは生産という具合だ。

「ああ、主に消耗品を扱う錬金術と調薬って感じでプレイする予定」

「そうなんだ。じゃあ私も生産系で……料理ってあるよね？」

「ある。βのときの仲間には、料理メインの生産者はいなかったから、料理をやってもらえると助かるかな」

「そっか。なら私は料理人を目指すね！」

嬉しそうな様子ではしゃぐ雪音。ちなみに、彼女が生産職を選ぶのも恒例である。もっとも、雪音の場合は俺に合わせてくれているという側面が強いので、俺が戦闘職を選べば雪音も戦闘職を選ぶだろう。

雪音が料理を選ぶのは、雪音の趣味兼特技が料理なので、想像できていた。どの程度の趣味かと言えば、料理のＶＲシミュレーターを買ってプレイしているほどで、リアルの料理の味についても文句なしの出来栄えである。

俺たちが生産職を選ぶのは、戦闘が苦手だからというわけではない。むしろ、俺たちの場合、子供のころの『ある事件』をきっかけに武術を学んでいたため、リアルスキルが要求されがちなＶＲＭＭＯＲＰＧの戦闘は得意分野とも言える。

俺と雪音が生産職を選ぶ理由は、わざわざ仮想現実の空間で戦闘に明け暮れるつもりはなく、普段できないような生産活動がしたいという理由である。

「それで〈Ｕｎｌｉｍｉｔｅｄ　Ｗｏｒｌｄ〉ってどんなゲームシステムなんだっけ？」

俺と雪音に遥華と陸斗を加えた四人がＶＲＭＭＯＲＰＧで遊ぶのは、これが初めてというわけじゃない。サービス開始からはじめようとするのは初めてだが、いままでもＶＲＭＭＯＲＰＧで遊んだ経験は、少なからずある。

「〈Ｕｎｌｉｍｉｔｅｄ　Ｗｏｒｌｄ〉はスキル制のＲＰＧだな。キャラクターはレベルよりも、どんなスキルを覚えていくかで、成長の方向性が決まる感じだよ」

「たとえば料理をしたい場合はどうなるの？」

「料理スキルを覚える必要があるかな。初めからなにかやりたいことが決まっているなら、ゲーム開始時に覚えておけばいいし」

「そうなんだ。じゃあ、料理スキルを覚えておけばいいんだね。がんばって料理人目指さないとだね！」

「システム上はそんな感じかな。ちなみに職業システムもあるけど、そっちの影響は少なかった感じかな」

「うん、わかった。無理しない程度にがんばろう」

簡単な説明が終わると予鈴が鳴り響いた。

「あ、そろそろ昼休み終わるから自分の席に戻るね。続きは放課後にお願い」

「わかった。それじゃあ、またあとで」

こうして、雪音を〈Ｕｎｌｉｍｉｔｅｄ　Ｗｏｒｌｄ〉に誘うという第一目標は達成されたのだった。

「お、雪姉、悠！　いま帰りか！」

雪音を無事〈Ｕｎｌｉｍｉｔｅｄ　Ｗｏｒｌｄ〉へと誘えた日の帰り道、俺たちを呼ぶ声がうしろからかけられた。

「陸斗か。この時間にこの方向へ歩いてるんだから、帰り道に決まってるだろ」

声の主は陸斗。雪音の双子の弟で、俺の幼なじみのひとりであり親友だ。当然だが、同じ学校に通っているため、帰り道も同じだ。クラスが違うために一緒に帰ることは少ないが、今日はほぼ同じ時間に学校を出たようだな。

「いやまあ、そりゃわかってたけどさ。ちゃんと雪姉は誘えたのか？」

「心配せずとも、ちゃんとＯＫしてもらえたよ。なあ」

「勿論でしょ、陸。むしろ、誘ってもらえなかったら、怒るよ？」

「それもそうだろうけどさ。雪姉、ソフトの予約ができなかったってへこんでたじゃん」

そう、なぜ俺が誘う形になったかといえば、雪音が予約抽選に漏れたからである。βテスターの追加ライセンス申し込みが、予約抽選の結果発表よりあとだったのは、本当に助かった。もしかすると、雪音のようにβテスターの知り合いで、予約できなかったユーザーへの救済措置だったのかもしれないが。

「そんなことよりも陸、あなたもβテスターだったんだから、私にライセンスくれてもよかったじゃない。なんで陸がくれないの？」

「いや、だって、やっぱり雪姉には悠から渡してもらったほうが喜んでもらえるかと思って……」

「素直に追加ライセンスまでお金が足りなかった、って言えよ、陸斗」

実際、普通なら姉弟でソフトを渡すほうが一般的だろう。

陸斗から雪音にそれを渡せなかった理由を暴露してやると、陸斗は慌て始めた。

「わ、バカ！　ばらすなよ、悠！」

「りーくー、あなた、また無駄遣いしてるんじゃないでしょうね？」

雪音に比べると陸斗は二十センチ以上背が高いので、雪音が陸斗を見上げるような形になっているのだが、雰囲気だけだと雪音のほうが大きく感じられてしまう。ちなみに、俺と陸斗の場合でも陸斗では十センチ以上差があるため、俺が少し見上げるような姿勢になってしまう。

そして、俺の右手側にいる雪音から逃げるように、左手側に移動した陸斗がいいわけをはじめた。

「無駄遣いなんてしてねーよ、ただちょっと欲しいゲームがあっただけで……」

そう、陸斗は俺たち四人の中で一番のゲーム好き、というよりもゲームが三度のメシより好きというゲーム馬鹿だ。〈Ｕｎｌｉｍｉｔｅｄ　Ｗｏｒｌｄ〉を四人ではじめようと決めたあとも、いろいろとゲームを買いあさっていて、追加ライセンスまで買う余裕がなくなっていたというオチだ。

もっとも、雪音の追加ライセンスを俺からプレゼントしようということは、妹も含めた三人で話しあって決めたことなので、俺としてはなんの問題もないのだが。

「まったく、あなたはすぐお小遣い使い切って……。悠くん、ゴメンネ。ゲーム代はあとでちゃんと払うね」

「あー、それについてはいいよ。普段からいろいろしてもらってるし、そのお礼ということで。たいした額じゃないし」

なんだかんだと雪音にはお世話になっている。ソフト代はそこまで高くもないので、日頃の感謝の印としておけばいいだろう。

「……うーん、じゃあもらっておくね。ありがとう、悠くん」

俺の言葉を受けて、雪音は若干迷ったようだが、受け取ってくれるようだ。

「それじゃ、この話についてはこれで解決ってことで！　それで、今日はこれからキャラメイクかな、おふたりさん」

小遣いの話について、蒸し返されたくない陸斗は強引に話をそらそうとする。まあ陸斗の財布事情はどうでもいいので、ここは陸斗の話に乗ることにしよう。

「キャラメイクというか、スキル関係について話すつもりではあるけどな。雪音、このあとどうする？　うちに来るか、それとも雪音の家に行こうか？」

「えーと、私の家でいいかな？　いろいろ聞きたいし、キャラメイクもできるならしたいから」

「了解、じゃあ一度家に帰って、ソフトを持って雪音の家に行くよ」

雪音や陸斗とはいろいろあって、いままでは家族ぐるみでつきあいがある仲になっている。なので、お互いの家に遊びにいくというのも割と普段からあって、そこを意識するようなことはほぼない。家もすぐ近所なので、両親がともに不在のときなどは一緒にご飯を食べたりもしている。

……とそんなことを話してる間に、俺の家の前に着いてしまった。

「じゃあ、先に家に帰って待ってるね。……陸、あなたはあとでお小遣いのことについてお話ね」

「ちょっ、雪姉、待ってくれよ！　悠、お前からもなにか言ってくれ！」

「……小遣いを使い切ったのは自業自得だろ。それじゃあ、またあとで」

姉に怒られることが確定した陸斗を残し、俺は自宅の中へと入っていくのであった。


---

「おかえり、お兄ちゃん」

玄関を開け家の中に入ると、リビングから声をかけられた。確認するまでもないが、俺の二歳下の妹、遥華だ。

「ただいま。えっと……」

「雪姉はちゃんと誘えた？　なら、雪姉のキャラメイクだよね。晩ご飯までには帰ってこれそう？」

「そこまで長居をするつもりはないよ。晩ご飯は……どうしようか」

うちの両親は共働きのため、ふたりの帰りが遅い日は兄妹どちらかが作ることにしている。ちなみに、今日はその帰りが遅い日である。

「うーん、今日は私が作っておくから大丈夫だよ。でも、明日も遅かったらお願いね」

「わかった。だけど、お前のほうはいいのか？」

遥華も追加ライセンスを購入して、友達を誘っているのである。

遥華のほうはその友達へと事前に話をしていて、ライセンス分の代金は別途もらうことになっていたはずだ。いくらそんなに高くないとはいえ、ゲームを友人にプレゼントするのは、お互いそれなりに気を遣うものだ。まして、それが中学生ともなればなおさらだろう。そういう意味では、ゲームのプレゼントを受け入れられる俺と雪音の関係のほうが特殊だと思う。

「うん。沙央理《さおり》ちゃんには、もう一式渡してあるから平気だよ。キャラメイクも、帰ったらするって言ってた」

「そっか、なら大丈夫だな」

「キャラネームの決定は早い者勝ちだからねー。雪姉の名前も取れてるといいんだけど」

「まあ、それはばかりはしょうがないからな」

基本的に、キャラクターネームが重複不可能なゲームの場合、名前の取得は早い者勝ちだ。βテスターは使っていたキャラクターネームを引き継げるので問題ないが、βテスター以外の新規プレイヤーは、この競争に参加しなくてはならない。

……とはいえ、実際のところはβテスター以外の抽選で漏れたプレイヤーも、仮登録という形でキャラクターネームを登録できていた。なので、そこまで熾烈《しれつ》な争いがいまから始まるわけではないのだが。雪音もβテストに申し込みはしていたのだから、キャラクターネームはおさえているはずである。

「それじゃ、俺は着替えてから、ゲーム一式を持って雪音のところに行ってくる」

「はーい、気を付けてねー。っていっても、すぐそばだけど」

妹の間延びした声に送られて、俺は自室に戻り、海藤家に行く準備を進めるのだった。

ゲーム一式を持って海藤家を訪れた俺は、早速雪音のキャラメイクをはじめた。キャラクターネームの設定までは、事前に登録してあったためスムーズに終わり、アバター設定は後日一緒に行うということで今日はスキップした。だが、初期スキル選択画面のところで雪音の手が止まってしまう。

「スキル選択はどうしよう？」

机から振り向きながら雪音が問いかけてくるので、キャラメイク時のスキル設定について説明をする。

「ゲームスタート時に選べるスキル数は最大十個まで。そのうち、最低ひとつは職業に合わせた戦闘用スキルを選ぶのが基本だな」

「そうなの？」

雪音が不思議そうに聞いてくるが、これにはちゃんとした理由がある。

「戦闘用スキルがないと、攻撃時のダメージが低くてまともに戦えないからな、このゲームでは。そういうわけで最低ひとつは戦闘用、というか武器スキルを選ぶ必要があるんだ」

「そうなんだ……。じゃあ私、薙刀《なぎなた》がいいんだけど、薙刀ってあるかな？」

雪音は、リアルで薙刀を使った護身術を習っている。薙刀とはいっても、実際に使うときは棒状のモノであれば応用が利くので、雪音はリアルでも意外と強い。勿論、素手での立ち回りもできるので武器になるモノがなくても相応の強さはある。だが、〈Ｕｎｌｉｍｉｔｅｄ　Ｗｏｒｌｄ〉には初期スキルに【槍】は存在するが【薙刀】はなかった。

「薙刀か……。βだと【剣】の派生で【刀】があることは確認できているから、あるとしたら【槍】の派生かな」

「じゃあ武器スキルは【槍】でいいかな。槍も基本的な部分は習っているから特に問題なく扱えるだろうし。ほかのスキルはどうしよう？」

雪音の戦闘用スキルは【槍】に決定したようだ。

そのほかのものについて聞いてくるが、さてどう答えようか。

「いちおうおすすめスキルはあるけど、雪音はどういうプレイがしたい？」

「悠くんのサポートができるプレイスタイルがいいかな」

「……ってなると前衛から中衛よりのスタイルになるけど、平気か？」

「うん、いつものことだし大丈夫だよ」

雪音が前衛系のプレイスタイルをとるのはいつものことだ。これは俺が後衛系のプレイスタイルを選ぶことが多いからなのだが。

そのあとふたりで話しあった結果、雪音の初期スキルは次のようになった。


【槍】【鎧】【魔力】【風魔法】【回復魔法】【付与魔法】【体力上昇】【敏捷性上昇】【料理】【生産】

自宅に帰った俺は晩ご飯を食べ、寝る支度を調《ととの》えたあとに自分のキャラクリエイトをすることにした。βテストのアバターは、種族が選べなかったのでアバターデータは再クリエイトする。アバター以外はほとんどをすでに決めているので、時間がかかるものはアバターの作成のみだ。そして、VR装置を取り付け〈Ｕｎｌｉｍｉｔｅｄ Ｗｏｒｌｄ〉を起動する。

初期スキルについては、βテストのときの経験からすでに決めている。具体的には、次の通りだ。

【銃】【格闘】【魔力】【水魔法】【風魔法】【回復魔法】【魔力回復上昇】【錬金】【調合】【生産】

生産をする上で便利な【器用さ上昇】はないが、序盤の生産アイテムについては【器用さ上昇】がなくても対応できる。序盤を過ぎれば、それ以外の【錬金】【調薬】【生産】といった生産系スキルのボーナスで十分に補える……はずだ。【生産】スキルは、生産系スキルすべてに対しわずかだが品質に上方修正がかかり、確率が関わってくるものは少し確率がよくなるというものである。

そのほか、この手のゲームでよくある【鑑定】スキルは、このゲームではすべてのプレイヤーが無条件で習得していることになっている。これは、βテストのとき、【鑑定】スキルを初期スキルとして選んでいなかったプレイヤーから『鑑定を覚えるのがきつい』という要望が数多く寄せられたためである。その結果、βテスト中盤から『【鑑定】スキルはすべてのプレイヤーが無条件で使えるものとする』と仕様変更が行われた。

当時はもとから【鑑定】を覚えていたプレイヤーや、自力で【鑑定】を覚えたプレイヤーなどを中心に騒ぎになったが、結果的に、本サービス開始時にスキル枠がひとつ増える、という話になったため、そこまで炎上することもなかった、

そして、正式版から追加になったアバターの種族選択で『獣人（狐）』を選択する。『獣人（狐）』の詳細として、INT《知力》・MND《精神力》・AGI《敏捷》が高く、STR《筋力》・VIT《体力》が低いという特徴を持った種族だ。STRとVITが低いという点が気になるが、魔法攻撃力が上がるINTが高いというのが魅力的だった。INTが高ければ、なにかとMPを消費する【錬金】や【調薬】でも、活躍してくれるだろう。MNDは主に魔法防御や魔法系の状態異常耐性だが、HPが極端に低いため壁役としては機能できず、保険のようなものになるかな。

種族を選択すると、目の前のアバターが獣人のそれに変化する。頭の上には狐耳、そしてお尻のあたりからは狐の尻尾が生えるといった具合である。身長や体形については、見てわかるほどの変化はないみたいだ。そこからさらに、細部の変更が可能だったので、耳の先と尻尾の先に銀色から白へとグラデーションをかけてみる。そして、初期職業はβ版で選択していた【メイン：弓士《アーチャー》　サブ：調薬士】から、【メイン：見習い銃士《ガンナー》　サブ：見習い錬金術士】に変更して、俺のキャラメイクが完了した。

---

全員のキャラメイクが完了したことを確認したあと、俺たち四人はそれぞれのフレンド登録をす

ませた。公式HPからVRギアを使い専用チャットルームにログインしていれば、サービス開始前でもフレンド登録可能だったのだ。もっとも、このとき使えたアバターは、キャラメイクで作製したものではなく、デフォルトで設定されるタイプのアバターではあったが。

ゲームを開始する準備が終わったあとは、三月下旬のサービス開始日まで特にすることはなく日々を過ごしていった。

そして、待ちに待ったサービス開始当日の朝となる。

「じゃあ、お兄ちゃんは、サービス開始と同時にログインじゃないんだ」

「ああ。開始後すぐの混雑の中じゃ、雪音とも合流しづらいしな。開始から一時間ほど遅らせてログインすることにした」

「ふーん。私はサービス開始直後にログインして、スタートダッシュきめる予定だけど！」

元気いっぱいに遥華が今日の予定を答えてくる。相変わらず、妹様は最前線を目指すらしい。

「俺はそこまでするつもりはないからな。どっちにしても、装備の問題があるから次の街で詰まるのは確定だろうし」

対して、俺は正式サービス後も最前線を走る予定はない。β時代は、ソフトウェアの追加購入権のような上位入賞者特典が欲しかったから、戦闘も生産も上位をキープしていたけど、これからは生産メインでやっていくつもりだ。

それに、最初から勢いよく飛ばしても、装備性能の問題で足踏みをすることが、βの経験から想定されているわけで……。

「まあ、それはそれだよ。最初の街で装備更新できないと、まともに戦えないもの」

「初期支給の初心者装備でも、やり方次第でベアぐらいまでなら狩れるんだがなぁ」

「そこは効率の問題だよ、お兄ちゃん！」

　話をしていると、サービス開始時刻の十二時が近づいてきたため、遥華は自分の部屋へと戻っていった。そのあと、俺は早めに食べた昼食の後片付けや、晩ご飯の食材の確認などをする。すると、約束の時間前だが雪音から電話がかかってきた。

「こんにちは、悠くん。いま大丈夫？」

「ああ、平気。どうかしたか？」

「えっと、たいしたことじゃないんだけど、向こうでの予定を確認しようと思って」

　雪音はゲーム開始後の予定を確認したかったようだったので、俺はβテストの経験から、最初の流れを予想して、簡単に説明する。

「ん、了解。最初にログインすると【始まりの平原】っていうフィールドに出る。まずは、そこで基本的なチュートリアルを受けることになるから、それをクリアする。そのあとは、ナビにしたがって移動すれば【始まりの街】に到着するはずだから、そこで合流しよう」

「わかったよ。でも、チュートリアルフィールドでは合流できないの？」

「チュートリアルフィールドは、個人ごとに専用フィールドが作られるはずだ。だから、【始まりの街】まで、ほかのプレイヤーと合流できないはずだな」

「それじゃあ、チュートリアルが終わったらメッセージを送るね」

「ああ、了解。それじゃ向こうでな」

「うん、またあとでね」

電話でのやりとりを終えると、十三時近くになっていたので、俺もゲームをはじめることにする。

VRギアを装着し、ゲームスタートを選択する。すると、少しの浮遊感とともに、俺の意識は〈Unlimited World〉の世界へとログインしていくのであった。


---

「ようこそ〈Unlimited World〉へ」

いつも通り、無機質な声がログインした俺を出迎えてくれた。しかし、いつもなら目の前にいたはずの妖精型のサポートAIは見当たらない。バグというわけではなさそうだけど、なにかあったのかな。

「こんにちは。それで、いつもはサポートAIがいた気がするけど、それはどこに行ったのかな?」

キャラメイクのときのAIは、簡易AIであるとは公式で明言している。なので、回答が返ってくるとは思えなかったけど、いちおう聞いてみた。

「はい。いま現在、多くのプレイヤーがログインしています。混雑緩和のため、事前にキャラデータを作成していただいている方には、サポートAIをご用意しておりません。必要でしたらご用意いたしますが、どうなさいますか?」

いまさら、あのサポートAIに出てきてもらっても、なにもないしなぁ……。ということで、サポートAIは呼ばないでおくことにする。

「いや、サポートAIはいいや。それより、ゲームスタートを頼む」

「かしこまりました。生体認証確認……『トワ』様、キャラメイク時のデータでゲームを開始なさいますか？」

「勿論。よろしく頼むよ」

「承知いたしました。それでは『トワ』様、よき旅路をお祈りしております」

そのセリフとともに目の前が光輝き、再び軽い浮遊感のなか、自分の体が転移していくのがわかった。


---

「【始まりの平原】か……βテストのときと大分違うなぁ」

【始まりの平原】。それはチュートリアル専用に作成された、いわば簡易インスタンスフィールドだ。

βテストのときも同じ場所に飛ばされたのだが……。

「そーでしょ！　なんて言ったって、これからは正式サービスだからね！」

『平原』の名が表す通り、なだらかな草地が広がる光景を見ていると、突然後ろから声をかけられた。それも、なかなかの大音量だったため、さすがにびっくりしたぞ。

「ようこそ！　〈Ｕｎｌｉｍｉｔｅｄ　Ｗｏｒｌｄ〉へ！　ボクがチュートリアル担当のサポートＡＩだよ！」

キャラメイク時にも見た妖精型のサポートＡＩがそこにいた。キャラメイク時のサポートＡＩとは少々形が違うけど、またずいぶんテンションが高いなぁ……。

「はじめまして、トワだ。しかし、キャラメイクのサポートＡＩとはずいぶん違うな」

「そりゃそうだよ、キャラメイクのサポートは、クライアント側で処理しなきゃいけなかったからね。その分、余計なシステムを割り振れなかったんだよ」

へぇ、キャラメイクはクライアント側、つまりユーザー側のＶＲギアで行っていたのか。でもそれって、なんらかの原因でＶＲギアが壊れた場合、キャラメイクからやり直しじゃなかろうか。

「あ、一度キャラメイク完了まで行ったキャラデータは、サーバーに保存されているから、使用していたＶＲギアが故障しても大丈夫だよ」

なんだか、心を読まれた気がするけど、そういうことなら心配はいらなかったというわけか。

「さて、それじゃ早速だけどチュートリアルを開始するよ！　まずは自分のアバターを確認して、違和感がないかチェックしてね！」

陽気なサポートＡＩのセリフとともに、目の前に大きな姿見《すがたみ》が出現する。その姿見には、青みがかった銀髪に、狐耳と尻尾をつけたアバターの姿が映る。これは間違いなく自分自身《俺のアバター》だ。

そのあと、歩いたり走ったり跳んだりしゃがんだりなど、いろいろな動作を試してみたが、とくに大きな違和感はなかった。あえて言うなら、狐耳と尻尾の感覚が少しくすぐったいような気がする感じだ。それと、現実では右腕が昔の怪我の影響で動かしにくいのだけど、ゲーム内では支障はないかな。自由に動くことに違和感を感じてしまうけど。

「うーん、とくに問題はなさそうだね！　次は戦闘チュートリアルだけど、ここから先はスキップすることもできるよ。どうする？」

「勿論、受けていくぞ。銃なんて使ったことないしな」

「りょーかい！　じゃあまずは、いでよ『的』」

サポートＡＩが宣言すると、三メートルぐらい先に、文字通りの的が出現した。こういうところは、なんというかファンタジーしているなぁ……。

「それじゃ、あの的を撃ち抜いてみてね。あ、チュートリアルフィールドでは弾数無制限だけど、通常フィールドでは弾丸を持ち歩かないと銃は使えないから注意してね！」

「なるほど、弾数は有限ね。ちなみに、弾丸の補充はどうすればいいんだ？」

「一番弱い弾なら街に行けば買えるけど、オススメは自分で作製することかな！　【銃】スキルには初期スキルとして【弾丸作製】があるからそれを使って弾丸を作ってね！　弾丸の素材は金属類のほかにも、石ころや木の枝なんかでも作れるよ！　あ、火薬はとくに必要ないからね」

「やっぱり、妙なところでファンタジーしてるよなぁ……」

銃弾なのに火薬が必要ないとは、いかなる弾丸なんだろうか……。

「んー、火薬が必要ない理由は、銃を自分で作製できるようになればわかるよ、きっと」

「そっか、変なことを聞いて悪かったな。そろそろ、戦闘チュートリアルをはじめさせてもらうよ」

「いやいや、疑問に答えるのがボクの役目だからね！　さあさあ、細かいことは気にしないでちゃっちゃとはじめよう！」

俺は、初期装備のハンドガンを左手に持ち的に向け構えた。俺は左利きなので左手で構えたほうが体に馴染む。

一発目は狙いが甘く、的の端のほうに当たっただけで終わったが、二発目はしっかりと的の中央付近に当てることができた。ちなみに、発砲音はほとんどなかった。

三発、四発と続けて当てていくと、六発目で的が壊れた。どうやら、設定されていた耐久力分のダメージを与えることができたらしい。

「おー、六発で破壊できるとはすごいね。いままでの人たちは、だいたい十発前後かかっていたのになー」

「まあ、的の中央付近に集中して当てることができたからじゃないのか。ところで、弾のリロードってどうすればいいんだ？」

「あ、弾切れを起こす前に聞いてくれた！　えっと、これも【銃】スキルの初期スキルで【リロード】っていうのがあるから、それを使えばその銃に設定されている最大弾数まで補充できるよ」

この反応だと、いままでは弾を撃ち尽くしてからリロード方法を聞いたプレイヤーがほとんどなんだろうな……。

まあ、スキルを使うだけでリロードできるというなら楽でいいか。

そのあともリロードスキルを試しながら、的をいくつか破壊して見せた。

的を撃ち抜く過程で銃の扱いにも大分慣れて、動かない的なら狙った場所付近に当てられるようになった。

的の距離も変えていろいろ試してみたが、有効射程は最大七～八メートルといったところだった。それ以上の距離をあけると、露骨にダメージが減っているのが見て取れた。短弓と分類されている弓とだいたい同じくらいの射程かな。

多分、これは武器がハンドガンだからで、スナイパーライフルみたいな武器種があればもっと射程距離は伸びるんだろう。さすがにゲーム的な制限があると思うから、スナイパーライフルでも数百メートル先とかは狙えないだろうけど。

「銃のチュートリアルはもう十分かなー。じゃあ、次は魔法のチュートリアルに移ろう！　といっても魔法は簡単なんだけどね」

いや、現実にない分、魔法のほうが難しいだろう。

まあ、魔法のチュートリアルはβのときにも受けているから、実際に簡単なのは知っているけど。

「魔法の使い方は簡単。
一、狙いをつけます
二、使いたいスキルを唱えます
三、魔法が発動します
以上！」

そう、基本的な使い方はこれで済むのだ。応用しようとするといろいろと難しいのも魔法なのだが……。一種投げやりにも聞こえる魔法の使い方を聞いたあと、俺は【水魔法】と【風魔法】の初期スキルで的を破壊していった。

「うん、基本的な戦い方はバッチリだね！　それじゃ本格的な戦闘のチュートリアルに移ろうか！」

サポートＡＩのセリフとともにいままでの的ではなく、角の生えたウサギ、ホーンラビットが一匹現れた。こいつより弱いモンスターも存在するけど、『戦闘』チュートリアルなら妥当な相手だろう。

「さて、それじゃさっさと終わらせるか」

まず手始めに、銃を構えて一発撃つ。

「キュッ⁉」

ノンアクティブ扱いだったのか、目の前で撃ってもウサギはとくに回避もせず、攻撃が命中する。もっともＨＰバーは、十分の一程度しか減ってない。

「キュッ！」

反撃とばかりに突っこんでくるウサギを横にステップしてかわして、【水魔法】の初期スキルを撃ちこむ。するとＨＰの三分の一ほどが一気に減り、さらに体勢を崩したため、追加で【風魔法】の初期スキルもたたき込む。そのことで、さらにＨＰが三分の一減って、ウサギは吹き飛ばされた。

「【水魔法】は体勢を崩して、【風魔法】は上手《うま》くいけばノックバックってところかな。じゃあ、とどめは【銃】スキル、チャージショット！」

これで残りのＨＰバーも砕け散り、ホーンラビットとの戦闘訓練は完了した。チャージショットの威力はともかく、魔法の初期スキルの威力が予想以上に高かったのは、おそらく種族による魔力適性の高さだろう。試しにもう一戦ホーンラビットと戦闘してみたが、チャージショットと各魔法の初期スキルの威力は、ほぼ同等だった。

「初級の戦闘チュートリアルは完璧だね！　次の段階の戦闘チュートリアルにいってみる？」

「次の段階があったのか……うん、いちおう受けてみよう」

「よーし、それじゃ次の相手はウルフだ！　がんばってね！」

　サポートAIの宣言通りに出現するウルフ。こっちはホーンラビットとは違い、最初から戦闘態勢《アクティブ》だ。

「グルァァァ」

　こっちに向かって飛び込んでくるウルフに対し、俺はカウンター気味に頭部に向けて裏拳をたたき込む。【格闘】スキルを近接戦での対処用に取得していたのだ。さすがにSTRも【格闘】スキルのレベルも低い現状、見てわかるようなダメージは与えられない。だが、追撃で【水魔法】・【風魔法】・チャージショットのコンボを叩きこむことで、HPを四割ほど削ることに成功した。

「いまの攻撃でも四割程度か……やっぱりウルフは、まだまだ格上だな」

　まあ、負けてやるつもりはないんだけどね。というわけで、警戒して動きが慎重になったウルフに対し、こちらも牽制射撃を加えたり、自分から距離を詰めて攻撃してみたりといった具合にたたみかけ、ほぼノーダメージでウルフとの訓練も勝利した。

「いやー、すごいね！　ウルフ相手にここまで苦戦せずに勝てたのは、君を含めていまのところ五十三人、いや、いまチュートリアルを受けてる人も含めて五十四人かな！」

「まあスキルレベルもまだ低いし、まだまだ感覚がなまってるな。ちなみにウルフとの戦闘訓練は何回でもできるのかな？」

「うん、勿論。負けるまでは何回でも挑戦可能だよ。消耗したＨＰやＭＰも、戦闘が終わったら毎回回復するしね」

「ちなみに、この後のチュートリアルの予定ってどうなってるんだ？」

「このあとは〈Ｕｎｌｉｍｉｔｅｄ　Ｗｏｒｌｄ〉の諸注意をして終わりかなー。生産系スキルのチュートリアルは存在しないから、街に行ってからなんとかしてね。簡単じゃないかもだけど」

　ふむ、できればいまのステータスでもウルフ程度は完封できるようになりたい。だけど、あまり時間をかけて雪音を待たせるのもな……。

　そんなことを考えていると、メールの着信があった。ん？　このタイミングでメール？　チュートリアル中でも受信できたのか。差出人はユキ（雪音のアバター名）か。

『トワくん。チュートリアル終わりそう？　できれば、もうしばらくチュートリアル続けたいんだけどダメかな？』

　ユキもチュートリアル中か。あれで結構負けず嫌いだから、ウルフ相手にがんばっているところかもな。じゃあコッチも返信っと。

『こっちももうしばらくウルフ退治を続けるよ。いまから三十分後ぐらいを目安に切り上げるつもり。終わりそうになったらまたメールするよ』

さて、これで心置きなくウルフ退治に専念できるな。

「チャージショット!!」

とどめのチャージショットがウルフの眉間に突き刺さり、ウルフは光に変わった。ユキのメールが届いてから約三十分、ウルフと戦い続け、この二戦は完全ノーダメージで撃破できている。

ウルフの戦闘チュートリアルでは経験値が入るようになっていたようで、この三十分でＬｖ５までレベルが上がっている。

スキルも使用しているものについては、軒並みレベルアップしている。ただ、さすがにチュートリアルのためなのか、キャラレベルもスキルレベルもＬｖ５でストップしていた。

これ以上はチュートリアルではなく、通常フィールドで鍛えろという神様《うんえい》からの思《おぼ》し召《め》しだろう。

さて、そろそろ三十分経ったはずだが、ユキのほうはどんな具合だろうか……。そんなことを考えていると、ちょうどユキからメールが届いた。

『ウルフ討伐終わったよ。なんとかノーダメージで勝てるようになった！　そろそろ合流しよう』

あっちもノーダメージクリアができたか。それじゃあ、『了解。こちらもチュートリアルを切り上げて【始まりの街】に向かうことにする』とメールを返信してと。

「あ、終わったー？」

途中から暇そうにしていたサポートＡＩに顔を向ければ、どうやらこれでこちらもチュートリアルを終わらせるつもりになったと判断してくれたみたいだ。

「いやー、君ほど真剣にチュートリアルに取り組んだ人は、いままでいなかったかなー？　ちなみに、なんでここまでやったのか聞いてもいいかな？」

「それは、ウルフ程度ならノーダメージクリアができないと、あとが厳しいからだな」

「うわー、意識高いねー。君みたいな生産タイプのスキル設定で、ウルフに勝てるのもすごいのに、そのうえ初期装備でノーダメージ狙いとか、意識高すぎでしょ」

「そうか？　βのときは普通にやってたけどなぁ」

「うん、君は意識高いんじゃなくて基準がおかしいんだ」

サポートＡＩから変な評価をいただいた。あー、でも、確かにノーダメージクリアできるようになったのは、装備更新してからだったかもしれない。だから、あながち間違った評価でもないかな。

「まあいいや。それじゃ、戦闘チュートリアルも終了ってことで。戦闘チュートリアルが終わった君に、チュートリアル終了のプレゼントだ」

〈五千Ｅ《エニィ》・初心者調合セット・初心者錬金セット・初心者ポーションセットを手に入れた〉

チュートリアル終了ということで、アイテムセットが送られてきた。ちなみに、Ｅはこのゲームの通貨単位になっている。

「さらに、君はβテスターだったね。コッチはβテストの特典だ」

〈一万Ｅ・βアバター装備セット・初級生産素材セットを手に入れた〉

コッチはその名の通りのβテスター特典。一万Ｅは参加者全員に、残りふたつはいくつかの特典の中から選択したものだ。一万Ｅは多いように感じるが、その実、使おうとするとすぐに尽きてしまう程度でしかない。

　むしろ、残りの特典がメインであり、スタートダッシュをするつもりのテスターは、もっと実利の高い特典を選んでいるだろう。もっとも、実際に有利なのは数日分程度でしかないので、その数日分でどれだけダッシュをかけられるかが問題なんだけど。

「βテスト時の君の成績は知ってるけど、あれならもっといい特典が選べたんじゃない？」

「いいんだよ。俺にはこれが一番助かる」

「そっか。まあ、もう変更できないから、どっちでもボクとしては変わらないんだけど。それじゃ、最後のチュートリアル、この世界のルール説明だ」

　そこからサポートAIによる、この世界《ゲーム》における基本的な事項の説明が始まった。それはこの世界の通貨単位のことであったり、各種ギルドのことであったり、βテストからの変更点であったりと内容はさまざまだった。とくに世界設定として、プレイヤーは異邦人と認識されていることや、βテストの時点から三百年後であるということなどは興味深い内容だった。

「……そして最後に、この世界のNPCについてだ」

　本当に、最後にある意味で一番重要な話が始まった。

「この世界のNPCたちは、皆それぞれ生きている。君たちと同じように。それぞれが自我を持ち、生活している。だから、彼らをただのNPCとして扱うのはやめたほうがいい。彼らはこの世界の『住人』だからね。できれば、それを忘れないで欲しい」

　そうこれはとても重要な話だ。βテスト時も、この内容についてだけは念を押された。

だから、俺の返事は、

「わかった」

その一言でいい。

それに対して目の前のサポートＡＩ《妖精》の反応は、

「うん、理解してくれたようで本当にありがたいよ」

というものだった。

「いやー、中にはまったく聞く耳を持たない連中もいたからさ。……まあ、その結果、苦労するのは彼ら自身だろうけどねー」

と、楽しそうに笑う妖精。

βテストの情報を少しでも調べていれば、そのような態度は取れたモノじゃないことはすぐにわかるはずなんだけどな。事前情報を調べないって層はそれなりにいるし、そのうえで『たかがゲーム』と思って好き勝手するバカはいる。

ゲームのＡＩが進化して、ＮＰＣ《住人》をモノ扱いすることでマイナスの影響が出ることが一般的に多くなっても、そういう連中はいなくならない。

「さて、君にはなかなか楽しませてもらったよ！　チュートリアルはこれで終了だけど、聞き直したいこととか確認したいこととかあるかい？」

「それじゃあ、サポートＡＩさんの名前を教えてもらえるかな？」

そう、この妖精、最初の名乗りから『サポートＡＩ』で、最後まで自分の名前を名乗っていない。

最後に自分で『住人』のことを語っておきながら、名乗らずにすませようとしている。せっかく仲良くなれそうなサポート住人《AI》なんだから、名前ぐらいは聞いておきたい。

「ふふふ、そうきたか。やっぱり君は面白いなぁ。いままでチュートリアルを受けてきたプレイヤーの中で、ボクらの名前を聞いてきたプレイヤーは初めてだよ！　ボクの立場とかを聞いてきた異邦人《プレイヤー》はいたけどね」

おいおい、俺は一時間遅れでゲームをはじめているんだぞ。それなのに、誰も名前を聞いていないとかあるのか……。まあ、本人が『初めて』と言っているんだからあるんだろうなぁ……。

こんな面白そうな『住人』、また会えるものなら会いたいぞ。

「いいだろう、ボクの名前を教えてあげよう。ボクの名前は『エアリル』、風の精霊に連なる者、エアリルさ！」

そう自分の名前を高らかに宣言する精霊《エアリル》。いや、見た目から精霊じゃなくて妖精だと思ってたぞ。

「ふふ、ボクのことを精霊だと思っていなかった、って顔だね。まあ、自慢じゃないけど精霊になったのは最近で、それまでは風の妖精だったから、あながち間違いじゃないけどね！」

やっぱりもとは妖精だったのか。それにしても元気だな。

「さて、ボクの名前を知った君、トワにはボクからのプレゼントをあげよう」

〈称号『風精霊の祝福』を取得しました〉

なんか、特別っぽい称号をもらえたんだけど。

「本来なら、ここで与えられるのは『祝福』じゃなくて『加護』なんだけどね。トワには楽しませてもらえたから、特別に『祝福』を与えたよ。いろいろと便利な力が宿っているはずだから、あとで確認してね！」

「ああ、よくわからないけど、気に入ってくれてありがとう」

「さて、最後と言いながらまた長く引き留めてしまった気がするけど、ほかに聞きたいことはないかな？」

「称号のこととか聞きたい気はするけど、あとで調べることにするよ。とりあえず、いま聞きたいことはもうないかな」

「そうか、それじゃあ君の後ろに開いた魔法陣《ゲート》に入れば【始まりの街】だ。名残惜しいが、元気でね！」

「わかった。それじゃあ、またなエアリル」

「ああ『また』ね、トワ。君とはまた会いたいものだね！　あ、そうだ、最後に忠告だけど、担当した精霊《サポートＡＩ》の名前を聞けば、誰でも加護や祝福が得られるわけじゃないから、あまり話を広めないでくれよ」

「了解。それじゃ失礼するよ、エアリル」

その言葉を最後に、俺はゲートに入り【始まりの街】へ転送された。

「さて、街に着いたはいいけど、肝心のユキはどこにいるのか」

ゲートから出た先は【始まりの街】の中心部付近、転移門広場だ。ここにとどまっていると、あとから出てくる人の邪魔になるので、すぐにその場を移動する。そして周りを見回してみるが、ユキらしいプレイヤーの姿はない。アバターの特徴は一緒に作って覚えているし、細かい変更点も教えてもらっているから、見落としているはずはないんだけど。そしてフレンドチャット《フレチャ》もつながらない。

「うーん、一度メールを送ってみるか」

そう思い、いまどこにいるのかをメールで聞いてみると、

『ゴメンナサイ。精霊さんと話し込んでて、まだチュートリアルフィールドにいるの。もうすぐ行くから、もうちょっとだけ待っててくれるかな?』

との返事がきた。

(っていうか、チュートリアルフィールドだとフレチャはつながらないんだな……)

割とどうでもいい気がすることを考えてみる。そのあと、βの頃の知り合いに連絡を取り称号のことについて確認していると、ついに転移門から現れる待ち人。アイスブルーの髪をショートボブにした猫獣人。服装は、初心者装備であるポロシャツにハーフパンツ、革のスニーカーといった装いだ。

彼女は俺の正面に立つと、軽く見上げるようにしながら話しかけてくる。

「あ、待たせちゃってごめんね、えーと、トワくん」

「待ったのはあまり気にしてないから構わないさ。ユキ」

無事、ユキと合流できた俺は、初期クエストにおける次の行き先である、『冒険者ギルド』に向かう。その途中、歩きながらユキが遅れた理由を話してくれた。

「理由なんだけどね。私のチュートリアル担当になった精霊さん、シャイナちゃんって言うんだけど、最後にお話はじめたら止まらなくなっちゃって。トワくんからメールが来るまで、そんなに長い時間話してたって気付かなくってね……」

こんな調子で、ユキは申し訳なさそうに理由を説明してくる。

個人的には、気にしてないから大丈夫なのだが。

「いや、もういいからわかった。あまり長い時間待ってたわけじゃないから、まったく問題ないぞ」

「そう？　でもトワくんを待たせたのは事実だし、ゴメンね」

待ち合わせに遅れたりした場合、過剰に謝り倒してくるのがユキ……雪音の癖である。

ユキはかなりまじめな性格で、集合時間に遅れたりすることは滅多にないし、遅れても数分程度である。たとえ遅れたのが数分であっても、まるで数時間遅れたかのように謝ってくる。

今回のことは、待ち合わせの時間をキッチリ決めていたわけでもないし、なにより俺のほうでもエアリルとそれなりの時間、話していた。そういう意味では、逆の立場になっていた可能性も高いし、謝られるようなことでもない。それでも謝ってくるのがユキなのだ。

ちなみに、逆の立場になった場合、ユキはまったく気にしない。一言二言謝られたらそれで終わりにしてしまう。むしろ、数分程度の遅れで謝ると、恐縮されてしまうのだ。

このようなある種歪《いびつ》な俺たちの関係は、今後正していかなければいけないと思うが、とりあえずいまはユキが謝るのをやめさせるのが先だ。

「俺のほうでも担当だったエアリルと結構長く話して、称号をもらえたし、今回の件はおあいこってことでもういいだろ。いつまでもこうしてるわけにもいかないしさ」

「あっ、うん、そうだよね。ゴメンね、トワくん」

最後に小さく謝られて、今回の件は終わりとなった。

そして、話は次の話題へと移る。

「ところで、トワくんはなんて称号を手に入れたの？　私は『光精霊の祝福』だったけど」

そう称号だ。称号システムはβテストのときからあったが、確認された称号は少ない。そして、その中に『加護』や『祝福』というものはなかった。そういった情報を集めて公開していたクランがβテスト時にあって、ユキを待っている間に昔のつながりで確認をとったが、『そのような称号は確認されていない』という回答だった。

「俺の称号は『風精霊の祝福』だな。おそらく、ユキの称号の風属性版だろうな」

「そっかー。『祝福』って部分ではおそろいだね」

こうした『おそろい』という部分を見つけては喜ぶのもユキの特徴と言える。正直、照れくさい気持ちもあるが、否定するつもりもないので、基本あまり気にしないようにしている。

「とりあえず、ステータスを確認して、詳細を見てみるか」

「うん、そうしよう」

さすがに、道を歩きながらステータスを確認するのは危ないので、道の端に寄ってステータスウィンドウを開く。

名前：トワ　種族：狐獣人　種族Ｌｖ．５
職業：メイン：見習い銃士Ｌｖ．５
　　サブ：見習い錬金術士Ｌｖ．１
ＨＰ：34／34　ＭＰ：64／64　ＳＴ：39／39
ＳＴＲ《ストレングス》：２　ＶＩＴ《バイタリティ》：４　ＤＥＸ《デクステリティ》：７
ＡＧＩ《アジリティ》：９　ＩＮＴ《インテリジェンス》：12　ＭＮＤ《マインド》：10
ＢＰ《ボーナスポイント》：14　ＳＰ《スキルポイント》：14
スキル：
戦闘：
【銃Ｌｖ５】【格闘Ｌｖ３】
魔法：
【魔力Ｌｖ５】【水魔法Ｌｖ５】【風魔法Ｌｖ５】【回復魔法Ｌｖ２】【魔力回復上昇Ｌｖ３】
生産：

【錬金Ｌｖ１】【調合Ｌｖ１】【生産Ｌｖ１】
その他：
なし
特殊：
【ＡＧＩ上昇効果・中】【風属性効果上昇・中】【風属性耐性・中】
称号：
【初心者講習免許皆伝】【風精霊の祝福】

……なんだか、知らない称号とスキルが増えている……。
とりあえず、【初心者講習免許皆伝】の称号から詳細を確認することにした。

---

【初心者講習免許皆伝】
チュートリアルでウルフ師範を三十分以内に封殺した証
戦闘についてあなたはもう初心者ではない
ＢＰボーナス：６　ＳＰボーナス：６

---

……ああ、なるほど、チュートリアルでウルフと戦っていた間に手に入れていたんだな。
正直、スキルレベルやら種族レベルやらがいろいろと上がるので、ログを見ていなかった。

ＢＰ６とＳＰ６は、開始直後では結構大きい。

ただ、説明文に『封殺』ってあるからノーダメージ撃破が条件だろう。『三十分以内』という条件も合わせると、かなり厳しいものとなる。

その三十分を、外でモンスター狩りするのとどっちがおいしいか、という話になってしまうな。

さて、次は本命の【風精霊の祝福】だ。

【風精霊の祝福】
風の精霊に連なる者と友誼《ゆうぎ》を結び、祝福を受けた証
その身は風に乗り、風の祝福を得るだろう
スキル【ＡＧＩ上昇効果・中】
【風属性効果上昇・中】
【風属性耐性・中】

うん、こっちの称号のほうがやばかった。【ＡＧＩ上昇効果・中】は、現在のＡＧＩを一・二倍に強化するスキル。残りふたつは、風属性魔法の強化と耐性だな。

本来なら『加護』と言っていたし、きっと与えられるのは『効果・小』や『属性・小』だったのだろう。いまの段階なら、元のステータスが低いため誤差の範囲だが、この先成長していけば十分な効果が期待できるはずだ。

エアリルめ、さらっと爆弾を落としていってくれた。これはどうしたものかな……。

隣にいるユキの表情を見ると、ニコニコと笑顔だった。……おそらく、この称号効果の大きさがわかってないんだろうなぁ。こういうときは、この手のゲーム知識が少ないことがうらやましい。

ユキがなにか口に出す前に、パーティ申請を送る。申請の承認はすぐ行われて、ユキにパーティチャットで話しかける。

「……なんだか、たいそうな称号だったみたいだが、ユキのほうはどうだった？」

「えっと、説明するより見てもらったほうが早そうだから、トワくんにも見えるようにするね」

そうして見せてもらった称号の詳細は、俺の称号よりもある意味やばかった。

---

【光精霊の祝福】
光の精霊に連なる者と友誼を結び、祝福を受けた証
その身は光の力をおび、光の祝福を得るだろう
スキル【ＭＮＤ上昇効果・中】
【光属性効果上昇・小】
【光属性耐性・中】
【闇属性耐性・小】

---

ＭＮＤ上昇、つまり魔法防御と状態異常耐性上昇に、光属性と闇属性に対する耐性。盾職《タンク》にとっ

て、鬼門になりやすい魔法防御上昇は大きいな。ガチタンク職にとってはとくに欲しい称号だろう。

「……ユキ、この称号の内容については、ほかの誰にも見せないようにな……」

「え？　うん、わかった」

この効果内容は、絶対にこちらから明かさないようにしておこう。無駄な妬《ねた》みが絶対に頻発《ひんぱつ》する。

「よくわからないんだけど、盾役をやるには便利なんだよね、魔法防御が上がるのって」

「ああ、それに状態異常耐性も上がるから、盾役なら無理してでも手に入れたいスキルだな」

「……ああ、それでほかの人に教えちゃいけないんだね。わかったよ」

こういうときはユキの聡明さがありがたい。なにも知らない初心者が自慢してまわったら、嫉妬の嵐がひどいだろうからな。

「……でも、ハルちゃんとリクには教えてもいいよね？」

「……まあ、リクもタンク志望だからうらやましがられるだろうけどな」

「リクならうらやましがっても、それで終わりだから平気だよ。実際、なにもできないし」

「確かにそうだけどなぁ……」

哀れなのは、姉弟のヒエラルキーといったところか。

「それよりもトワくん、そろそろ冒険者ギルドに行こうよ」

「……ああ、最初の目的はそれだったな」

称号のインパクトが大きくて、正直、忘れていたよ。

「さて、ここが目的地の冒険者ギルドなわけだが」

「混んでるねー」

冒険者ギルド前に到着した俺たちではあったが、目前の様子を見て立ち止まっていた。さすがサービス開始当日の午後、といった感じの光景が繰り広げられていたためだ。

「パーティ募集！　こちら物理アタッカー二！」

「ヒーラー様どこかにいらっしゃいませんかー」

「HP回復ポーション募集中。値段は応相談で」

「どこかにカワイコちゃんいませんか！」

うん、最後はおかしいが、おおよそ予想通りの募集合戦だ。聞こえてくる内容から言って、いまはヒーラーが不足しているのかな。まあ、俺たちも回復魔法は使えるが、しばらくふたりパーティで行動する予定だから、参加するつもりは一切ないが。

「賑やかだねー。活気があってうらやましいな」

「ユキが普段するゲームは、こういう集まりはないのか？」

「うーん、MMOって基本やらないから。対戦でもテーブルゲームぐらいしか、普段ひとりじゃ遊ばないし」

「それなら、この状況はあまり慣れてないよな」

ちなみに、βテストのときも初日はこんな感じだった。よくも悪くも、オープン当初の活気は、程度の差こそあれ、大手ＭＭＯならどこも同じようなものだろう。だが俺たちの目的は、パーティを組むことではないので、ここはさっさとギルド内に入ってしまおう。

「さて、行くとするか」

「うん。でも、これだと中も混んでるんじゃない？」

「ああ、それは平気だよ。まあ、入ってみればわかるから行こう」

「うん。……あれ、冒険者ギルドの中ってあまり人がいない？」

どうやら、ユキは冒険者ギルド内に足を踏み入れた瞬間、外の騒ぎが聞こえなくなっていることを気にしていないようだ。それよりも、とても混雑している外に比べ、内部にいる人の少なさに気を取られている。

「冒険者ギルド内は、インスタンスフィールド扱いだからな。外部と切り離されているんだよ」

「うん？　つまりどういうこと？」

「ダンジョンの中みたいなものだと思えばいい」

「うーん、それでもよくわからないけど。中は人が少ない、って思ってればいいんだね」

ユキはあまり理解できてないみたいだが、いま詳しく説明することでもないので、納得してくれたならそれでいいかな。まずは、クエストを終わらせよう。

「さあ、窓口が空いてる間に、冒険者登録をしてしまおう」

「あ、うん、そうだね。早く行こう」

俺たちは、空いている窓口にならび、受付嬢に話しかける。

「すみません、冒険者登録を二名分お願いします」

「はい、かしこまりました。……異邦人の方ですね。冒険者登録の申請を受け付けました」

そう、このクエストは、これだけのやりとりで終わってしまうクエストなのだ。実際、ログにはクエストクリアのログが表示されている。

「あれ、これだけでいいんですか？」

βプレイヤーではないユキには不思議に思えるのだろう。実際、βテストのときは俺もそうだったからな。

「はい、異界より訪れている異邦人の方は、とくに試験などは行わないことになっております」

「えっと、冒険者ギルドに来るのは初めてなんですけど、どういう風に利用すればいいのでしょう？」

「はい、それではお教えしますね。まずは、利用の手続きですが……」

受付嬢がユキに冒険者ギルドの利用方法を懇切丁寧に説明しはじめる。勿論、俺もその内容は横でちゃんと確認している。ユキが聞かなければ、俺が質問していた内容だ。受付嬢はクエスト掲示板の利用方法や受注方法、素材の買取方法、その他ギルドの規約などを詳しく説明してくれた。ギルドの規約のあたりになってくると、ゲームとして考えればフレーバーテキスト《あまり意味はないもの》だが、ゲーム内をひとつの世界として考えれば、これらの規約がないと上手《うま》く立ちゆかないような内容となっている。

『ギルド規約を考えた人は世界観を考えるセンスがある』というのが、規約の内容を聞いたβテスターに共通する認識だ。

「……以上が当ギルドの利用方法になります。なにか質問はございますでしょうか？」

「一個、質問いいですか」

疑問に思ったことがあったので、この機会に確認をしておく。

「はい、どのような内容でしょう」

「『冒険者が冒険者に依頼を出すこともできる』と先ほど言っていましたが、異邦人の冒険者が冒険者ギルドに依頼を出すことも可能なんですか？」

「はい。かつて、大昔に異邦人の方が訪れていた際にはできなかったとのことですが、いまは可能となっております」

「なるほど……昔はできなくて、いまはできるようになった、ということですね」

「はい、そうなります。勿論、クエストの内容による報酬、およびギルドに納める手数料は、依頼者の方にご用意いただきますが」

《あるプレイヤーが『ギルドに依頼を出す』ことについての条件を達成いたしました。これよりすべてのプレイヤーは、各ギルドに対して『ギルドに依頼を発注』できるようになります。詳しくは追加されたヘルプをご確認ください》

あっ、どうやらなにかのトリガーを引いてしまったようだ。がっつりワールドアナウンスが流れてしまった。まあ匿名《とくめい》で流れたことだし、隣りにいるユキぐらいしか誰がやったか理解できないだろう。しかし、こんな内容、もう誰かが気付いていてもおかしくないはずなんだが、誰も気付いてなかったんだろうか。とくに検証班。

〈シークレットクエスト『クエスト発注の方法』をクリアしました。報酬として二万Eが支払われます〉

お、二万Eの臨時収入はおいしい。このあと、スキルを覚えたい俺にとっては本当にありがたいことだ。

「異邦人の方には珍しい内容だったんですね。皆さんご存じかと思い、いままで説明してこなかったのですが」

「ええ、まあ。『昔の』規約を知ってる者としては知らなかったですね」

「ほう、昔の規約をお知りということは、やはり皆様はかつてこの地を訪れた異邦人の方とつながりがあるのですね」

あ、これもうひとつアナウンスが流れかねない。

「えーと。……そうですね。かつてこの地を訪れた異邦人たちに連なる者です」

「やはりそうでしたか。あなたがたのお名前は、英雄物語に残されて受け継がれていますよ」

「あー……。それは光栄です」

〈『かつての英雄に連なる者』がクリアされました。称号『かつての英雄に連なる者』が対象者全員に付与されます〉

あ、ワールドアナウンスはなかったけど、称号対象者全員に強制付与か……。おそらく、βのランカー全員に配られたんだろうなあ……。現実逃避は諦めて、新しい称号の確認をしよう。

【かつての英雄に連なる者】
βテストにおいて優秀な成績をおさめた者の証
あなたの名は英雄物語に受け継がれている
ボーナスなし

うむ、よかった、今度はボーナスなしだ。ボーナス付きの称号をβランカーに配ったなんてなったら、いろいろと目も当てられない。

「それではほかにはなにかありましたでしょうか」

最後に確認をされたが、俺からは特になにもない。ただ、ユキは確認したいことがあったようで、続けて質問をした。

「あの、あなたのお名前を教えてもらってもいいですか？」

「これは失礼しました。私は『ルアリア』と申します」

「えーと、トワです」

「ユキです」

「トワ様にユキ様ですね。もし英雄物語がお読みになりたいのでしたら、ギルド二階の資料室にお立ち寄りください。それでは、失礼いたします」

ユキの機転で受付嬢の名前をゲットできた。『住人の名前を確認するのは基本』だというのに、すっかり忘れていた。さて、それじゃあなにか適当にクエストを受注してレベルを上げに……。

「待ちたまえよ、トワ君。君に聞きたいことがあるのである」

行こうとしていたら、背後から声をかけられてしまった。この声には聞き覚えがある。というか、つい先ほど称号のことで話をしていた相手だ。

「……教授、どうやって俺がここにいることが？」

「ふむ、その答えは単純である。フレンドリストに表示されているのである。ギルドナンバーごとね」

そう、話をしていた相手。βテストのときに連携していた、情報屋兼検証班クラン『インデックス』のリーダー『教授』だ。彼の服装は、魔術士風ローブに身を包み、少し小さめのメガネをかけていて、こちらもβ時代のままだ。

「フレンドがギルド内にいる場合のみ、同じインスタンスフィールドに入ることができるようになっていたのであるよ、正式サービスからね」

得意げに語る教授。それに対してユキは少し気圧《けお》され気味だ。

「トワくん。この人、お知り合い？」

「ふむ、察するに君がトワ君の言っていたパートナーであるな。はじめまして、情報検証班クラン『インデックス』リーダー予定の『教授』である。以後お見知りおきを」

教授が慣れた仕草で一礼する。ユキも若干気圧されながら、自己紹介をした。教授の身長は俺とほぼ一緒なので、少し見上げるような仕草になる。

「えーと、教授さんですね。はじめまして、トワのパートナーのユキです」

「ふむ、『教授』と呼び捨てで結構である。そちらのほうが呼ばれ慣れているのである」

メガネの位置を直しながらそう答える教授。ちなみに、メガネの位置を直す仕草は、とくに意味はなくクセだと聞いている。

「はぁ……」

うん、教授の濃いキャラ付けにはユキもかなわないか。教授が来てしまった以上、称号の件は隠しきれないだろう。となると、どこでその件について話すかだが……。

「ふむ、ここは多少とはいえ、ほかの目もあるのである。他人の入れないスペースで話し合うとするのである。付いてきたまえ」

教授はそう言って受付嬢と一言二言やりとりを行い、どこかの鍵を借りていた。……ああ、忘れていたが、各ギルドには打ち合わせ用の貸し出しスペースがあったな。

「さあ、こっちである。今日はいろいろな情報が飛び交う、いわば稼ぎ時である。時は有限であるぞ」

教授に案内されてギルドの貸し出しスペースに入る俺とユキ。

「さて、自己紹介は先ほどのやりとりでよいとしてだ。まず、トワ君、『加護』や『祝福』とはなんのことであるか？　称号関連だということは質問でわかっているのだが、それ以外がさっぱりである。時間もないしキリキリ白状するのである」

教授に食いつかれてしまったら簡単には離してくれない。すべてを隠すつもりもないし、諦めて説明してしまおう。

「はぁ……、わかったよ。『加護』や『祝福』ってのは精霊から与えられる恩恵のことだよ。チュートリアルをクリアしたらそれがもらえた」

「チュートリアルクリアであるか。では、その称号の入手方法は？　誰でも手に入るものかね？」

俺の説明に、教授は身を乗り出して食いついてくる。やはり、目の前に未知の情報があると気合の入り方が違う。

「悪いけど入手方法については答えられない。『教えない』って精霊と約束しているからね」

「そうか、それは残念である。では、称号ボーナスの方は開示できるのかね？」

さて、称号ボーナスについてか、困った。ボーナスの内容について教えれば黙っていてくれるとは思うけど、答えていいものか。ふと隣に座るユキのほうを見ると、ユキは黙ってうなずいてくれた。俺の判断に任せるという意味だろう。

「……俺の称号ボーナスについては、公表しないというなら開示可能だ。それで、『情報屋』として対価はいかほどになる？」

「ふむ、対価であるか。それが問題になるのである。いかんせん、我々もまだ十分な対価を用意できる環境にないのである」

それはさすがにそうだろう。まだ正式サービス開始からゲーム内時間でも三時間弱、それで十分な対価が用意できるほど稼いでいたら、それはそれで問題だ。

「あれだ。情報交換ってことでもいいぞ。俺たちはこのあと、『スキルブック』を買いに行きたいんだけど、それを取り扱っているお店の場所が知りたい」

『スキルブック』というのは、それを使うことでスキルを覚えることができるマジックアイテムのことだ。街で手に入るスキルブックは、基礎的なものが多く、多少時間をかければスキルブックなしでも覚えられるものが多い。しかし、まだサービス開始当初ということで、その時間をお金で買えるなら安いものである。

「覚えたいスキルはなにかね？」

「【気配察知】と【夜目】、それから【光魔法】かな」

「それなら大丈夫である。教えてもらう情報の内容次第では、スキルブックの購入費用もこちらで負担するのであるよ」

「OKだ、その条件で開示しよう。これが、俺の称号【風精霊の祝福】の効果だ」

そう言って、教授に見えるように【風精霊の祝福】の詳細情報を表示する。さて、教授はこの情報にどれだけの価値を付けるのか。ある意味、楽しみになってきたぞ。

「……ふむ。いやはや、なんともこれはすごいのである」

あれ、教授の口調が崩れないな。ロールプレイの一種だと思っていたから驚いたら崩れるか、とか考えていたけど、案外これが素《す》なのかな。

「意外と驚いていないように見えるけど、情報の価値としては低かったかな？」

「バカモノ。逆だ。情報としてあるだけで、それを手に入れたいと思えてしまうのである。このような爆弾を、やけにあっさりと用意してくれたものであるな、【爆撃機】」

【爆撃機】という単語が出てきたことで、ユキが首をかしげる。

「【爆撃機】？　ですか？」

「……あー、ユキは知らないよな。β時代の俺の二つ名だ」

よくもユキの前で懐かしい名前を持ち出してくれたものだな、教授。教授をにらんでみるが、まったく効果がなさそうだ。教授も目の前にある『爆弾』の処理で忙しいのだろう。

「こんな強力なスキルが手に入る称号が、よりによってチュートリアルで手に入るとは……。いや、これだけ強い称号が出てしまったことが異常であって、本来はこれより弱い称号だったのであるか……？」

教授は、ぶつぶつ独り言を言いながら考え込む。さすがに、この情報は、インパクトが大きすぎたか。

「あー、考察中悪いが、本来だとそれの下位互換の【精霊の加護】しか手に入らない予定だったみたいだぞ。あくまで、俺が予定外の行動をとってしまっただけで」

「なるほどである。やはり【三鬼衆《さんきしゅう》】が異常と言うだけであるか」

「ほっとけ。それで、その情報の価値はいかほどだ？」

「その前に聞きたいのだが、そちらのお嬢さんもやはり【祝福】持ちであるか？　勿論、ここだけの話にするのである」

その教授の言葉に、あらためてユキのほうを見て確認をとる。ユキはやはり黙ってうなずいてくれるだけだ。

「……どう答えても結果は同じだろうから答えるけど、ユキも【祝福】持ちだ。なんの精霊かは教えない」

「……つまり、君の称号以上の爆弾ということであるな。わかった、これ以上は聞くまい」

一気に疲れた、とでも言いたげな表情で椅子にもたれかかる教授。確かに疲れるだろうな、これだけの情報をいきなり開示されたら。俺もさっき疲れたから間違いない。

「やれやれ、これだけの情報をどう処理すればよいのであるやら。掲示板で話題になっている【初心者講習優良認定】の検証でも、これからゲーム開始予定のメンバーに確認をとってもらわねばならないのであるのに……」

「ん？【初心者講習優良認定】ってなんだ？」

「……ああ、君は基本的に掲示板を利用しないのであったな。いま、掲示板で話題になっている称号である。具体的な内容はこれであるよ」

そう言って、教授は一枚のＳＳ《スクリーンショット》を提示してくれた。

---

【初心者講習優良認定】
チュートリアルでウルフ師範に認められた証
戦闘についてあなたはもう少しで一人前だ
ＢＰボーナス：２　ＳＰボーナス：２

---

「あ、これ……」

同じSSを覗き込んでいたユキが声を漏らす。ああ、そうだな、俺たちが持っている称号の完全な下位互換だな。

「うん？　君たちもこの称号を持っているのかね？」

俺たちもこの称号を持っていると思った教授に対して、俺は無言でひとつのウィンドウを見せる。

勿論、俺たちが持っている【初心者講習免許皆伝】の詳細情報だ。

「……いやはや、君のリアルセンスの高さはよく知っているつもりであるが、さすがにここまでとは……。詳細を見るに、あのウルフにノーダメージで勝利しているのであろう。まさに化け物である」

「失礼な。動きを見極めることができれば、誰だって取れるはずだぞ。多分、きっと」

「動きを見極めることが、まず不可能だと思うのだがね。いいかね、あのチュートリアルは……」

そして教授はウルフ師範とのチュートリアルについて、わかっている範囲で詳しい内容を教えてくれた。要約すると次の通りらしい。
・ウルフ戦は一回でも負けたら次は挑めない
・相手のＨＰの前半と後半で戦闘パターンが変わる
・戦闘開始から十分が経過するとウルフが消えて戦闘終了してしまう（勿論、次の戦闘はない）
さらに、【初心者講習優良認定】の称号は、勝てば確実に手に入るが、負けても手に入ることがある、らしい。この『負けても』の範囲には、十分経過の時間切れも含まれているというのが、掲示板を賑わせている原因とのこと。

　はっきり言ってしまえば、【初心者講習優良認定】の称号に、そこまで全力で取りにいくほどの価値はない。ＢＰやＳＰが手に入るのはメリットだが、それでもキャラクターの再作成をしてまで取りにいく時間があったら、その時間で普通にレベルを上げたほうが何倍も効率的だろう。それでもこの称号を取りたいというなら、よほどのゲーム廃人か、レア物好きのコレクターか、といったところか。

　今回の場合、そこに条件が未確定という要素が含まれているためのお祭り騒ぎだろう、とは教授の言葉。俺もその意見に賛成かな。

「いつまでもここで現実逃避していても埒《らち》があかないのである。トワ君、この免許皆伝の情報は掲示板にあげてもいいのであるか？」

「ああ、構わないよ。必要だったら、情報元《ソース》が俺であることも合わせてアップロードしてもらって構わないよ」

　この称号については開示してもいいだろう。多少騒ぎにはなるだろうが、入手条件はだいたい絞られているし、ある程度は騒ぎをコントロールできるだろう。

　俺が開示を承諾したことに対し、教授もほっとした様子で続ける。

「ふむ、そう言ってもらえると助かるのである。いまのこの状況でさらに上位の称号があるなどと言い出したら、情報元はどこだと大騒ぎになる可能性があるのである。騒ぎになりそうな場合、名前を出させてもらうのである」

「わかった。騒ぎになっても、情報元が【爆撃機《オレ》】だと示せば落ち着くだろうという予測か」

「そうであるな。君のリアルスキルがバカげているのは、βテスターならほぼ全員知っていることであるからな」

相変わらず、人のことを人外扱いしてくれる。まあ、自分でもVR空間での動きは普段に比べてかなりキレがあると思っているから、あまり強く反論できないんだけど。

「ふむ、これでよし、と。これでしばらくは沈静化するのである。あとは、優良認定の詳しい取得条件であるが……」

「文面から見るに、ウルフに一定以上のダメージを与えた、とかじゃないかな。それなら負けても称号が手に入る理由になるし」

「うむ、まずはその線から辿ってみるのが一番であるか。情報提供、感謝するのである」

「こっちが開示した情報以外は、思いつきだったりするけどな」

とりあえず、称号関係はこれで一段落となりそうだ。

「あの、質問いいですか？」

ここでユキが遠慮がちに手を上げる。どうやら、質問があるみたいだ。

「なにかね、お嬢さん。私に答えられる内容であれば、お答えするのである」

「ええと、私たちが手に入れた【祝福】の称号って、ほかの人から見てもそんなにすごいんですか？」

ユキは【祝福】称号の価値がどの程度なのか計りかねているらしい。俺から説明してもわからないだろうから、ここは教授にお任せしよう。

「ふむ、私でよければ説明させてもらうのであるよ。まず、すごいかどうかといえば、とてもすごい、というのが本音である。いまはまだ、素のステータスが低いので上昇値が誤差の範囲に収まってしまうが、今後レベルが上がり、ステータスが高くなるほど効果が高くなるのである。現段階でそんな強力な称号が手に入っているのは、とても有利なことであろうよ」

教授は、軽くメガネに触れながら一気に答える。

「そんなに、ですか」

「そんなに、であるな。もしこれらの称号、あるいは一段階下の【加護】であったとしても、確実に手に入る手段がわかれば、キャラデリしてでも手に入れたいと思う者が多いであろうな」

そこまでの大事ではないと思っていたのか、ユキは驚いた表情をしている。やっぱり俺以外の第三者から説明してもらわないと、ユキには上手く伝わらないんだよなぁ……。

「そういうわけであるゆえ、このスキルと称号を持っていることを、第三者に話してはいけないのである。いいかね、お嬢さん」

「はい、ありがとうございました」

ユキの疑問も解決したようなので報酬を決めることにしよう。

「それで、教授。今回の情報はどれぐらいの価値になったかな」

「……それなのだが、非常に困っている。提示されていたスキルブックだけでは釣り合いが取れないのである」

軽く肩をすくめながら答えるが、そこまで価値があるものだとは正直考えていなかった。

「へぇ、そこまで高く買ってくれるんだ。ちょっと意外だな」

「なにを言うか。ここまで強力な称号が手に入ることがわかったのである。それに、説明文中に『精霊と友誼を結ぶ』という内容があったのである。それならば、この先、どこかで精霊に会えたときに手に入る可能性があるのである。その可能性だけでも十分すぎるほどの価値があるのである」

教授がここまで言うということは、つまりそうなのだろう。俺も見積もりが甘かったかもしれないな。

「ふむ、提示されていたのは【気配察知】と【夜目】、【光魔法】であったな。これは、ふたり分として考えてよかったのであるか」

「【気配察知】と【夜目】はできればふたり分欲しいな。【光魔法】はユキの分だけで構わないよ」

「しかし、トワ君もどうせ【回復魔法】持ちであろう。ならば、上位魔術の【神聖魔術】狙いで【光魔法】を覚えていても、問題ないのではないかな」

「確かに【回復魔法】持ちだけど、【神聖魔術】まで取るつもりはあまりないんだよなぁ。【神聖魔術】って、回復以外の面はピーキーなスキルが多いし……」

俺があまり乗り気でないのに対し、教授は真剣な様子で話を続ける。

「そこについても、ぜひ取得して、その情報をこちらに流してもらいたいものなのである。βテストですこぶる評判の悪かったスキルが、どのような調整がなされているのか、ぜひ知りたいものである」

「あれ？【神聖魔術】って、修正対象になってたっけ？」

「なっているのであるよ。パッチノートを隅々まで読むのはたいへんであるが、確認を怠《おこた》ると痛い目を見るのであるぞ」

【神聖魔術】は、βテストのとき戦闘不能からの回復ができる唯一の手段だった。だが、それ以外のスキルは攻撃力や回復力が微妙で、純粋なヒーラーでは回復量が足りないという話だった。

正式サービスでは、それらの点を踏まえて修正してきたのだろう。まさか、昔よりも使いにくくなっているということはないはずだ。

「そうか。なら【光魔法】をスキルブックから取得して、【神聖魔術】を覚えてみるのも一興だな」

「では、先のスキルブックはふたり分ずつであるな。ほかになにかリクエストはないであるか？」

「そう言われてもなぁ……」

ステータス上昇系のような使い勝手のいいスキルブックは、まだまだ先にならないと手に入らないし、なにより高く付く。かといって、【始まりの街】および周辺で手に入りそうなスキルブックで欲しいものとなると、そうそう思いつかない。

「うーん、貸しじゃダメかなあ」

「ダメであるな。これだけの案件は、この場である程度片付けておきたいのである」

さて困った。

「……ふむ、思い浮かばないようならば、私のほうからアドバイスとしていくつか提案できるがどうであるかな」

「提案？」

「まず、お嬢さんが前衛でトワ君が後衛、これは間違いないのであるな」

「ああ、それで合ってる」

「つまり、お嬢さんは状況に応じてタンクもこなすということであろう。ならば【挑発】スキルは持っておいても損はないであるな」

「まあ確かに、【挑発】があればタゲ取りがやりやすいだろうなぁ」

その分、簡単に覚えられるから、あえて初期スキルからは外したんだけど。……でもよく考えてみたら、ユキが挑発とかできるんだろうか。

「お嬢さんが【挑発】を持っていないなら、確定で構わないのである。そして、トワ君は銃士のようだから、いっそスカウト系のスキルに手を伸ばしてはどうであるか。具体的には【看破】【罠発見】【罠解除】あたりであるな」

「生産系スキル、って選択肢はないのか……」

いちおう、スキル案を提示してみるが、教授は一切取り合わずに話し続ける。

「そんなもの、君は必要になれば自分で手に入れるであろう。これからもお嬢さんとペアでやっていくつもりなら、スカウト系を伸ばしてみても損はないのである」

「損はしないけど、得もほぼないような。俺、いちおう生産者だし」

「スカウト系スキルなら、DEX《器用さ》も上がって一石二鳥であろうに。【罠作製】も手に入る模様であるから、その四点に、威力重視の【火魔法】を組み合わせれば、狐獣人の有り余る魔法力も使えて、よりグッドであるな」

「あー、もう。それでいいから、好きにしてくれ……」

　こうして俺はスカウト型スキルを覚えることとなってしまった。

　元の予定だと、アタッカーメインで多少サポートもできる程度のスキル構成でプレイしていくつもりだった。でも、教授の提案してきたスキルを組み合わせることになると、周囲の警戒に罠の設置や解除などもできるプレイスタイルに変わってしまう。

　しばらくの間、ユキ以外と組む予定はないから覚えておくと便利なのは確かだが、ホント、どうしてこうなった……。

## 【Unlimited】UW雑談掲示板Part1【World】

1. 名無しの異邦人
Unlimited　World 略して UW のことについてゆる～く雑談するスレです
みなさん自由に書き込んでください
ただし、節度は守りましょう
運営が常に掲示板を監視しています
場合によってはスレごと消されるので注意！！
次スレは >>950 が建てること

2. 名無しの異邦人
>>1
スレ建て乙

3. 名無しの異邦人
>>1
乙乙
運営が常に監視してるってマジ？

4. 名無しの異邦人
>>3
マジ
NG ワードとかじゃなく書き込み内容を AI で監視してるらしい
ソースはβのときにきいた奴がいて回答があった
（URL）

5. 名無しの異邦人

>>4
回答あり
AIで監視とかマジ本気だな

6. 名無しの異邦人
ここの運営はハラスメントや利用規約違反に非常に厳しい
掲示板監視もその一環だと思われ
ところでお前らチュートリアルのウルフに勝てた？

7. 名無しの異邦人
無理
初心者装備のレベル１で勝てるわけない

8. 名無しの異邦人
俺も負けた

9. 名無しの異邦人
わたしも

10. 名無しの異邦人
俺は一発殴ることができた
なおダメージはお察し

・
・
・

312. 名無しの異邦人
このゲームってカワイイ女の子一杯だよな
ぜひともお近づきになりたい

313. 名無しの異邦人
>>312
悪いことは言わないからナンパはやめておけよ
GM コールされたらヘタすると一発 BAN だ

314. 名無しの異邦人
>>313
マジ？

315. 名無しの異邦人
>>314
マジ
βのときそれで退場した奴がいた
なお、運営からのお知らせまでついてきた

316. 名無しの異邦人
>>315
サンクス
うかつな言動は控えるわ……

317. 名無しの異邦人
ついでに言うとアバター作成時に美化補正されるから
現実でも美女・美少女とは限らない
性別は偽れないから女性なのは間違いないがな

318. 名無しの異邦人
>>317
それを言ってはいけない！！
俺たちにもブーメランが刺さるだろうが！！

・
・
・

658. 名無しの異邦人
お前らこの称号の話聞いた？
攻略掲示板のほうで話題になってるけど
（初心者講習優良認定の画像）

659. 名無しの異邦人
>>658
話だけは聞いた
てかあのウルフ師範だったのかよ www

660. 名無しの異邦人
>>658
この称号持ちってどんな戦い方したんだろう
きっとリアルスキル半端ないんだろうな

661. 名無しの異邦人
>>660
β経験者だと持ってる人が多いって聞いたぞ
βのときの経験が生きてるからなんとか戦えたんだと
なお、俺もβ経験者だが勝てなかった模様

661. 名無しの異邦人
>>660
おまおれ。
β経験者でも初期装備ではきついわ www

662. 教授
はいはい
ちょっと通りすがりますよっと

663. 名無しの異邦人
教授！　教授ではありませんか！！

664. 名無しの異邦人
>>662
誰？
>>663
そしてなんの騒ぎ？

665. 名無しの異邦人
>>664
プレイヤーネーム教授っていう情報屋
↑のやりとりはβ時代のテンプレ

666. 名無しの異邦人
>>665
説明あり
>>662
情報屋さんがなぜここに？

667. 教授
ちょうど称号の話が出てたからである
私のフレンドからの情報で上の称号の上位版が見つかったのである
（初心者講習免許皆伝の画像）

668. 名無しの異邦人
>>667
ちょwww
これwwwww
30分以内に封殺ってどうやったんですかね……

669. 名無しの異邦人
>>667
こんな称号取れるとかPSお化けですかねwww

680. 教授
>>669
フレンドがPSお化けなのは事実である
なお、この称号持ちはいまのところふたり確認済みである

681. 名無しの異邦人
PSお化けが最低でもふたりか……
一緒にPT組んでくれないかな

682. 名無しの異邦人
>>681
寄生思考乙
俺も組んでほしいです

683. 名無しの異邦人
じゃあ俺も組んでほしいです

684. 名無しの異邦人
俺も俺も

685. 名無しの異邦人
>>683－684
どうぞどうぞ
とはなんねーよ www
あ、俺も組んでほしいです

686. 教授
本人たちは野良 PT とか組む気はないようである
それでは失礼するのである

687. 名無しの異邦人
逝ってしまわれたか
でもこの称号取れたのって誰だろうな

688. 名無しの異邦人
確かに気になるよな
おそらく β 上位勢だろうが

・
・
・

# 第二章　クラン『ライブラリ』と弟子入りクエスト

こうして教授の提案で、あれよあれよという間に、これから覚えるスキル群が決まってしまった。

具体的には、ふたりともに覚えるスキルは、【気配察知】【夜目】【光魔法】【隠蔽】【魔力感知】だ。

【隠蔽】は、相手の【看破】スキルからステータスを表示させないように守るためのスキルである。このままでは、いずれ悪目立《わるめだ》ちする可能性もあるから受け取っておけとのこと。

【魔力感知】は、名前の通り周囲の魔力の流れや魔力のある場所などを識別できるスキル。【気配察知】と組み合わせることで、より強力な索敵能力を発揮できるから早めに覚えろと言われた。

ユキだけが覚えるスキルは【挑発】ひとつのみで様子を見ることとなった。ユキは戦闘のように基本的な運動はできるが、MMORPGについてはほぼ初心者ということもあり、手札の数を増やしても上手く扱いきれないだろうという判断だ。

対して俺は、それらのスキルに【看破】【罠発見】【罠解除】【罠作製】【火魔法】が追加と、全部で十種類も覚えることになってしまった。教授いわく『君ならこの程度のスキルは必要に応じて使い分けられるであろう』とのこと。

確かに、使い分け程度ならできそうだが、初心者にありがちな『スキルを覚えすぎて器用貧乏』

になりかねない。とくに、罠関係のスキルはフィールドではあまり使用機会がなく、主な使用場所がダンジョンになるため、スキルを育てる機会があまりないのが痛い。

まあ、このゲームはスキル取得数に制限はなく、スキルを覚えただけでもわずかに強くなれるから、方針としては間違っていないいんだけどさ。

「ふむ、覚えるスキルはこんなところであるか。【始まりの街】だけではなく、【第二の街】まで行ければ提供できるスキルの種類も増えるはずなのだがね」

「あの、さすがにもらいすぎなんじゃ……」

「その点については心配いらないのである。高いと言っても値段が張るのは魔法系ぐらいで、それ以外は数千E程度でしかないのであるよ。正直、まだ情報の価値と釣り合いが取れていないぐらいである。さすがにこれ以上の分については、素直に借りということにさせてもらうのである」

恐縮しているユキに対し、教授は軽く答えを返す。

実際、俺もここまでの価値があるとは思ってなかったんだけどなぁ。

最初に提示したスキル分程度の価値はあると思っていたけど、まさかここまで高く買ってもらえるとは。

「あ、そういえば、このゲームでスキルを覚える方法って、そのスキルブックというのを使うしかないいんですか？」

ユキがこのゲームで遊ぶうえでもっとも基本的なことを聞いてくる。

「あー、そういえばユキにこのゲームのスキル取得方法は説明していなかったなあ」

「ふむ、それではその点についても説明するのである。まず、このゲームでスキルを覚える方法は大きく分けて三種類である。まずひとつめは、ＳＰつまりスキルポイントを消費して覚える方法。だが、ＳＰという限られたポイントを使ってしまうため、あまりお勧めしないのであるよ。なにせ、ＳＰはスキルを上位進化や派生させる際に、大量に使用するのであるからな」

教授が最初の方法について説明を終える。

それに対して、ユキはさらに質問があるみたいだ。

「スキルの上位進化や派生ですか？」

「うむ。スキルは一定レベルまで鍛えると、それ以上は上がらなくなるのである。そういったスキルは、より上位のスキルや、別のスキルとの組み合わせで、別の上位のスキルとなることがあるのである。それが、上位進化と派生進化であるよ」

「なるほど、わかりました。ありがとうございます」

ユキの質問に回答を示した教授は、ひとつうなずき、続けて次の説明に移った。

こうして見ていると、教授は人に説明するのが好きなのかも知れないな。

「スキルを覚えるふたつめの方法であるが、普段の行動で覚えるというものである。これは、たとえば【剣】スキルであれば、素振りをしたり剣を使って敵と戦ったりしているうちに覚えるというものである。一般的なスキル取得方法はこれになるのであるな。欠点は、魔法のように現実には存在しないスキルは覚えにくいことと、覚えるまでに個人差があるということであるよ」

「身も蓋もない言い方をすれば、個人のセンスで覚えやすいスキルが決まってしまうってところだな」

教授の説明に加えて、俺が補足を加える。もっとも、本当にストレートすぎる言い方だったので、ユキは苦笑を浮かべているが。

「そして、最後の三つめの取得方法が、これから使おうとしている『スキルブック』である。これを使えば、そのスキルが確実に覚えられるのである。欠点は、覚えにくいスキル群は、ダンジョンの報酬でしか手に入らなかったり、モンスターのレアドロップだったりと、入手方法が限られてくるため、どうしても価格や入手難度が高くなってしまうということであろうな」

最後の説明が終わり、教授によるスキル取得方法の講義が終了した。教授はやりきった表情をしている。この件については、事前に教え忘れていた俺が悪かったけど、教授も乗り気で説明してくれたし、まあよしとしよう。

「さて、スキル取得方法もわかったところで早速だが、スキルブックを買いに行くとするのである」

「そうだな、これ以上情報交換することもなさそうだし、行こう」

「うん、わかった」

俺たちは、教授に連れられて冒険者ギルドから出ていく。

教授が向かった先は、大通りから少し外れたところに建っている少し小さめの店だった。

「こんなところにスキル屋があったとはな。てっきり街の大通り沿いかと思ってた」

「大通り沿いの店にあるスキル屋は、もうろくな商品が残ってないという話であるよ。先ほどクランメンバーを向かわせたのであるが、実際に売り切れの商品が目立っているとのことである」

「それで、さっき言っていたスキルはこの店でもそろうのか？」

「うむ。勿論そろうのである。むしろ、ここで手に入るスキルを提示していたのであるから」

そう言って店の中に入る教授を追い、俺とユキもあとに続く。そこには店主らしき、まだ若めの青年が店番をしていた。

「邪魔をさせてもらうであるよ。マルコム殿」

「いらっしゃいませ、教授さん。後ろのおふたりはお連れの方ですか？」

「うむ、私の連れでトワ君とユキ君である。こちらは雑貨屋店主のマルコム殿である」

俺たちとマルコムさんは、お互いに軽く自己紹介をする。店内は雑貨屋というだけあって、さまざまな商品が並べられていた。

「あ、これ初級調合セットだ」

並べられている商品の中に、初心者セットよりも一段階上の調合セットを見つけた。そのほかにも、錬金や料理用の初級セットも店に並べられていた。生産ギルドなどに用意されている生産スペースに行けば同等のものが使用できるが、新しい生産セット類をすべて購入しておく。これで、野外などでも生産活動が可能になる。

そして、スキルブックの一覧を眺めていると、その中に【道具作製】のスキルブックがあったのでそれも購入した。ユキのほうも、料理に使う調味料関係がいくつか手に入ったようで、満足げだ。

「ふむ、それではまた来るのであるよ。店主殿」

買い物を終えた俺たちは、雑貨屋をあとにする。

教授が購入したスキルブック類は、あとで一度俺が全部受け取り、ユキには彼女用のものを俺から渡すという形にした。

「ふむ。先ほどの店の会計は、すべて私持ちでもよかったのであるがな」

「さすがに、自分たちの生産活動で使う道具は、自分たちでそろえるよ」

そのようなやりとりをしながら、次の目的地である魔法学校を目指した。魔法関係のスキルブックはここで取り扱っているらしい。ここでも自己紹介からはじめ、教授が今回購入するスキルブックを購入していく。さすがに魔法学校では、教授が購入する分以外で、俺たちが欲しいようなものは取り扱っていなかった。

その後、教授にお願いして大通り沿いのスキルショップにも案内してもらったが、やはりそこの品は売り切れの商品が目立っていた。とくに汎用性の高いスキルは、値段が高めなのにもかかわらず、ほぼ全滅だった。魔法学校でも【回復魔法】のスキルブックは完売していたあたりからすると、需要のあるスキルは値段に関係なく売れているということだろう。

「さて、今回の取引はこれで終了であるな」

店を一通り回り、あらためて冒険者ギルドに戻ってきた俺たち三人は、ギルドに併設されている酒場で買った商品の受け渡しをしていた。

「ありがとう、教授。思ったよりも、簡単にスキルがそろって助かったよ」

そう、スキル屋ではほとんどの有力商品は買い占められたあとだったため、自力で雑貨屋を探そうとすると、それだけで数時間かかりそうだった。やはり情報というのはそのものだけで価値があるものなのだ。

「こちらこそ有力な情報をもらって助かるのである。……まあ、今回の分だけで貸し借りなしとはいかないので、今後もなにか情報が欲しければ遠慮なく連絡してもらいたいものであるな。勿論、提供する側でも構わないのであるぞ」

「そうそう有力情報なんて手に入らないよ。多分、今後は情報を聞く側にまわるだろうさ」

「トワ君は情報を提供する側になりそうな気がするのは、私の勘なのであるがな」

教授はメガネの位置を気にしながらそう返してくる。俺は妙に俺のことを買ってくれている彼とのアイテムトレードを終え、ユキに彼女の分のアイテムを渡す。

「あれ、トワくん、スキルブックって本じゃないの？」

「ああ、スキルブックって名前だけど、実物は金属製のプレートなんだ。これに魔力を通す、という設定で、このアイテムを使おうと思えば自動でスキルが覚えられるんだ」

そう言いながら、インベントリから自分用のスキルブックをひとつ取りだし使用してみせる。

〈スキル【火魔法】を取得しました〉

システムメッセージが表示され、スキル一覧にも【火魔法】が追加される。その様子を見ていたユキが自分用のスキルブックを使用しはじめたので、俺も残りのスキルブックを覚える。こうして、【気配察知】【夜目】【光魔法】【隠蔽】【魔力感知】【看破】【罠発見】【罠解除】【罠作製】【道具作製】が、俺のスキル一覧に追加された。

「ふむ、スキルの取得も問題なくできたようであるな。それではこれで失礼させてもらうのである」

「ああ、助かったよ教授。それじゃあ、またな」

「ありがとうございました。教授さん」

「うむ。礼には及ばんのであるよ。私としても、スキルブックが問題なく使えることが確認できたわけであるしな。ところで、これから君たちはどうするのであるか？」

「うーん、俺のクランメンバーはまだログインしてきてないし、とりあえず生産素材集めついでの狩りにでも行ってくるよ。レベル的にウルフあたりがおいしいかなと思ってる」

「ウルフは初期装備で相手取るのは、まだまだきついと思うのであるが。まあ、君たちなら大したことはないのであろう。それではまたである」

そう言い残して教授は去って行った。さて、俺たちもクエストを受けてウルフ狩りといこうか。

冒険者ギルドのクエスト掲示板でウルフ討伐を含め、北の森で達成できるクエストを受けた俺たちは、始まりの街の外に出て北の森へと歩いていた。

「ウルフが主に生息してるのが、森の中なんだよね」

「ああ、ウルフは街周辺の森に生息してる代表的なモンスターだな」

北の森に向かう途中の平原では、多くのプレイヤーたちがモンスターを追いかけ回していた。正直、初心者装備セットでは、ウルフの相手は危険である。よほどの自信がある人間か、あるいは無鉄砲なバカしか北の森までは足を伸ばさない。そうなると、街の周囲に広がる平原とそこに存在するモンスターたちが、初心者にとって主な狩り場となる。似たような装備の人たちが、草原の周囲に群がっているのが見て取れる。

ちなみに、俺はβテスト特典で手に入れた『βアバター装備セット』を開封して、βテストのときに使用していた服に変わっている。もっとも、これは『アバター装備』という見せかけだけの重ね着みたいなもので、防御力などは一切ない。βテスト時の装備品だが、テスト期間中に見た目にもこだわってデザインしてもらっているので、ほかの初心者装備の人たちからすれば目立つだろう。

平原で戦っているプレイヤーの中にも、自分と同じように見た目が違う人間が交じっていたりもする。おそらく自分と同じようにβテストから装備を引き継いだのだろう。

「なんだか人が一杯だよね」

「サービス開始当初はこんなものさ。さあ、早く北の森まで行こう」

俺たちは足早に平原の中を森へと歩いていった。

---

「ここが北の森……」

人であふれていた平原とは異なり、森の中は静まりかえっていた。北の森はβテストのときでは、推奨レベル7からということになっていた場所である。それを考えると、自分たちにはまだ格上の場所だ。ただ、デスペナでアイテムやお金のロストがないこのゲームにおいて、初期の間は推奨レベルよりも自分たちのレベルが少し低いぐらいが、戦いがいがあってちょうどいい。

「じゃあ、これからの予定を説明するぞ。まあ、基本的には【気配察知】で敵の居場所を見つけながらのサーチ&デストロイになる。最初は少数で固まっているウルフから仕留めていこう」

まずは、大まかな目標を説明する。細かな点はそのとき話をすればいいだろう。

ユキも、この内容を理解してうなずき、それ以外の状況でどう動くかを聞いてきた。

「わかったよ。あと、採取ポイントがあったらどうするの」

「採取ポイントは、積極的に取っていこう。ここまで来ればほかの人もほとんどいないし、採取中にモンスターから攻撃を受けないようにだけ注意していれば問題ない」

これについてもユキは了承した。

「うん、それじゃあ、はじめようか」

早速行動に移す。手始めに【気配察知】で見つけたウルフ二匹のもとへ向かう。ウルフはリンクして集団で襲いかかってくるため、少人数だと負けることが多い。だが、少数の群れを見つけて引き付けるやり方であれば十分に対処できる。

さて、見つけたウルフ二匹に先制攻撃でも仕かけてみますかね。

「行くぞ、ウィンドカッター」

風属性の速さ重視の魔法を一発撃ちこんでみる。すると、

「ギャウン!」

ウィンドカッター一発で、ウルフのＨＰバーが砕け散った。

……えー、威力上がりすぎじゃないかな……。

「グルル……」

二匹目のウルフがこちらを警戒しはじめたので、

「アクアバレット」

「ギャウン」

お、こっちはＨＰを半分ほど削ったところで止まったな。やっぱり風属性強化の効果が高いことがわかる。

「えーと、ユキ」

「うん、あとは任せて！」

体勢を崩したウルフにユキが突っこんでいき、とどめを刺す。ライトボールからの二段突きで、十分倒せる程度の威力が出ているな。

「トワくん、もっとたくさんを一度に相手にしても問題ないと思うよ」

「そうだな、とりあえず段階的に増やしていこうか」

微妙に締まらない感じで、俺たちのウルフ狩りは幕を開けた。


---

「これでとどめ、ライトストーム‼」

あのあと、しばらく狩りを続けた結果、俺たちの種族Ｌｖは10にまで上がっていた。Ｌｖ10になったのがかなり前なので、あらためて経験値バーを確認してみると、Ｌｖ11は目前だ。なお、銃弾は

『弾丸作製』スキルで木の枝を木の弾に加工して使用していた。

「いやぁ、我ながらかなり早いペースでレベルを上げてるなぁ」

「そうだね、でもちょっと物足りないかな」

段階を踏んで一度に戦うウルフの数を調整した結果、俺とユキは同時に五匹までなら問題なく処理できるようになった。気付かれないようにファーストアタックを取り続けた結果、俺は【奇襲】と【隠密】スキルを獲得してしまった。【奇襲】は相手の意識外から攻撃したときにダメージが増加するスキル、【隠密】は自分の気配を薄くして相手に気付かれにくくなるスキルだ。俺は着実にスカウト方面のスキルを伸ばしていっているらしい。

ユキのほうも、【祝福】で効果の増した【光魔法】を中心に、【槍】や【鎧】スキルのレベルが着実に上がっていた。【鎧】スキルは適度にダメージを負わないとレベル自体が上がらないのだが、自分で【回復魔法】や【付与魔法】を使えるユキは、そのふたつを上手に利用して最小ダメージでやり過ごすようにしている。俺も適宜ユキを回復して、戦ってきた。ちなみに、回復アイテムの補充や食事は、セーフティーエリアで調合や料理を行い、すませていた。

「結構レベル上がったね、トワくん」

「そうだな。でもそろそろ時間だし、戻ろうか」

「え、ああ、もうこんな時間なんだ」

いまのゲーム内時刻は午後八時。ゲーム内の一時間は現実での三十分である。サービス開始時のゲーム内時刻は午後十二時ちょうどだったため、ゲーム内時間で八時間経ったいまは、現実時間で午後四時となる。俺たちは【夜目】スキルがあるのであまり気にならないが、森の中はほぼ真っ暗である。かなり森の奥まで進んでしまっているため、いまから街に引き返せば夕飯の準備にちょうどいい時間になるだろう。

「ゲームも楽しいけど、リアルも大事だよね。帰ろう、トワくん」

「ああ、そうだな。戻るまで油断はできないけどな」

街へ帰還する途中、出会ったモンスターをすべて倒しながら進んだ結果、種族Lvは11に上がった。それから、ウルフの討伐数も百匹の大台を超えていた。

「それじゃあ、トワくん。またあとでね」

「ああ、またあとで」

冒険者ギルドでクエストの精算を終わらせたあと、街の南側にある広場で現実時間午後八時ごろに待ち合わせをして別れた。そして、ログアウトする前に妹に『六時ごろに晩ご飯にする』とだけメールを書いて送り、ログアウトした。


---

「「いただきます」」

ちゃんと午後六時前にログアウトしてリビングにやってきた妹と、晩ご飯を食べる。話題は、やはり〈Ｕｎｌｉｍｉｔｅｄ Ｗｏｒｌｄ〉のこととなっていた。

「それで、お兄ちゃんはいまどんな感じ？」

「いま種族レベル11まで上げたところ」

「ずいぶん早くない？」

「雪音とウルフ狩り、がんばったからな」

「ああ……かわいそうなウルフさん」

確かに、ウルフは大量に倒したが、そんなことを言われる筋合いはないな。

少しムッとしながら話を続ける。

「それでそっちはどうなんだ」

「サリーとカリナと合流して、まずは装備を更新、そのあと、ワイルドドッグ狩りをしてたかな。晩ご飯食べたあとは、ウルフに挑むって話になってるよ」

「結局、遥華もウルフ狩りに手を出すんじゃないか」

「だって、必要なことだもん」

食事をしながら話していると、遥華がある話題について切り出してきた
「あ、そういえば、わたし【火精霊の加護】って称号手に入れたんだ。お兄ちゃんも似たような称号持ってるでしょ」

「持ってることは断定なんだな。ああ、風精霊のやつを持ってるよ」

「やっぱり、お兄ちゃんも持ってたかー。陸斗さんも【土精霊の加護】を手に入れてたし、ひょっとして、雪姉も持ってる？」

「ああ、雪音も光精霊のやつを持ってるよ。詳しく聞きたければ本人に直接聞いてくれ」

雪音の情報についてはぼかした俺に対し、遥華は少しふくれっ面《つら》になった。

「えー。どうせ、お兄ちゃんと一緒にいるんだから、お兄ちゃんから聞いても一緒じゃない」

「とにかく、親しい間柄とはいえ、他プレイヤーの詳しい情報を聞くのはマナー違反だぞ」

「はーい」

それぞれの状況に情報交換をしながらの夕食も終わり、後片付けをしていると、

「お兄ちゃん、このあとの予定ってどうなってるの？」

と声がかかる。

「んー。雪音と待ち合わせて、クランメンバーと合流かな。早めに生産職としてのレベルも上げたいし」

「やっぱり『ライブラリ』も合流かー。ねえ、いまから装備の発注ってできるかな？」

『ライブラリ』はβ時代に俺が所属していたクランだ。βテスト終了時に残っていたメンバーとは、正式サービス後に再結成するという予定になっている。

ただ、再結成直後から発注を受け付けるかは、未定だ。

「それは本人に聞いてみないとわからないな。しばらくは、鍛冶や裁縫スキルのレベル上げに専念だろうし、できてもよほどのことがなければ市場に流して終わりじゃないかな」

「うーん、やっぱりそうかー。あ、でも発注できるかどうかだけは聞いておいてね」

「はいはい。それじゃ先にお風呂入らせてもらうぞ」

その後、寝る支度を調えた俺は、あらためてログインしたのだった。

---

時刻は現実時間で午後七時半。フレンドリストを確認したが、ユキも含めて待ち人は誰もログインしていない。ログイン場所でただユキを待つのもヒマなので、これまで集めた素材でスキル上げを行おう。幸い、生産道具はすでに購入しているので、作業をするにはなんの問題もない。

しかし、作業を始めようと準備をしているだけで終わってしまった。

「あ、トワくん。待たせちゃった？」

ユキがすぐにログインしてきたからだ。

「いや、とくに待ってはいないさ。見ての通り、生産作業を始めようとして準備してただけだし、数分程度しか待ってないから大丈夫だ」

もう少し遅れたら、やっぱりユキを待たせることになっていたな。とりあえず、先に待ち合わせ場所に来られたのでよしとしよう。

「トワくん、このあとってどうするの？」

ユキが俺の隣に並び、軽く見上げながらこのあとのことを聞いてくる。

「今日は八時から俺のクランメンバーで集まって、今後の予定を決めることになってる」

「それで八時って指定だったんだ。私も一緒に行っていいのかな？」

「ああ、大丈夫だ。ユキがうちのクランに参加する予定なのは、皆に伝えてあるよ」

正式サービスから、ユキがうちのクランに加入することは、事前にほかのクランメンバーから了解を取ってある。まあ、うちのクランとしては、最前線で活躍するとかそういうことにこだわっていないし、クランの人数も減っているので、メンバーの知り合いということならば加入させることに誰からも異論はでなかった。

あと、できればハルやリクもうちのクランに誘えないか、という打診もほかのメンバーから受けてはいた。俺の所属していたクランは、生産メインのプレイヤーばかりが集まっていたので、素材集めなどのために戦闘職も少しはほしいらしい。ただ、ふたりともクランについては、『しばらくゲームをして、落ち着いたら考える』といった感じの回答だった。

「うーん。集合予定まで、まだちょっと時間があるよね。私も料理してようかな」

「なら料理できる場所まで移動するか。生産ギルドにある貸しスペースだったら、設備が整ってるから」

「うん。まだよくわからないから、その辺はトワくんに任せるよ」

露店をやるわけでもないのに広場で料理はあまり好ましくないだろう、という判断で場所を移ることにする。もっとも、生産ギルドは目の前にある施設なんだけど。生産ギルド内部も冒険者ギルドと同じようにインスタンスフィールドになっているらしく、周りに利用者はほとんどいなかった。というよりも、生産ギルドの利用者は基本的に生産職なので、ほぼ全員が貸しスペースにいるのだろう。

生産ギルドの受付で、利用方法や併設されている販売スペースの確認、住人《NPC》の名前確認など、基本的な情報確認を終え、貸しスペースを三時間の予定で借り受ける。そして、そのまま、ギルド二階にある貸しスペースの中に入る。

「うわー、いろいろな設備がある部屋だね」

ユキが貸しスペースの様子に感激していた。

調理台や調合セットの設備だけでなく、鍛冶用の炉や木材加工セット、裁縫用作業台、錬金設備など、主な生産スキルで使用する設備がひとつの部屋の中に揃っているだけあって壮観だろう。

「一番設備の整っている部屋を借りたからな。クランメンバーとの打ち合わせも、この部屋でする予定だし」

「じゃあ、私も料理を始めようかな。といっても、ウルフ肉の焼き肉しか作れないけどね」

「まあ、素材がないんじゃ仕方がないさ。俺もあっちで薬作りをしてるよ」

そうして、ふたりで生産作業を始める。ユキは調理台で焼き肉を作りはじめ、俺は錬金設備を準備して薬草の錬金作業を始める。錬金術での作業は、それ専用の作業台を準備して、作業内容を選択するだけで終わってしまう。もっと高度な作業になると、バランスゲームのようなミニゲームが発生するが、もっとも簡単な作業ではそれすらもない。錬金術で薬草の下処理を終えて少ししたとき、フレンドチャットが届いた。

『ハーイ、トワ、久しぶり。皆そろってるわよ』

『柚月《ゆづき》か、久しぶり。いま、生産ギルドにいるからこっちに来てくれ』

『確か、ギルドに入るとき、フレンドのいるところを選択できるんだったわね。了解、すぐに合流するわ』

「ユキ、俺のクランメンバーが集まったみたいだから迎えに行くよ。足りない素材があれば食材を買ってくるけど、なにかあるかな？」

「うーん、果物類が欲しいかな。果物があればジュースを作れるから」

「了解。適当に見繕《みつくろ》って買ってくるよ」

ユキに一声かけて、俺は貸しスペースから一度退出する。一階にある販売スペースに寄って、指定された通り、果物を数種類見繕って購入しておく。そして、ギルド内の受付で少し待っていると、元クランメンバーたちがやってきた。

「ハロー、トワ。さっきも言ったけど久しぶり。元気してた？」

最初に声をかけてきたのは柚月。

社交的な性格は変わっていないようでなによりだ。

俺よりも少し背が高いため、近くで話をするときは少し上目遣いになってしまう。

「久しぶり、柚月。皆も変わりないようでなによりだ」

「うむ。それで、確かおぬしの彼女を紹介してくれるのではなかったかの？」

次に話しかけてきたのはドワン。

こちらはβの頃からだいぶ変わっている。

「彼女って……正しいけどさ。いま、貸しスペースで料理中だよ」

「料理中ってことは彼女さん、料理人なんだー」

最後はイリスだが……もともと低かった身長がさらに低くなっているかな。

「ああ。自己紹介と今後の予定についてはそっちで話そう。こっちだ」

俺は、集まったメンバー全員を案内して貸しスペースへと入った。


---

「はじめまして、トワのパートナーのユキです。まだ初心者ですがよろしくお願いします」

今日は顔合わせということもあり、まずは自己紹介から始めた。

「よろしくね。私は柚月、これから立ち上げる予定のクランのサブマスターよ。生産の担当は、裁縫ね」

ユキに続いて挨拶をしたのは柚月。本人の言った通りサブマスター、という名の実質的なクラン運営責任者（予定）だ。アバターはβのときと同じ、身長百七十センチ前後で、黒髪を腰まで伸ばした、日本人的な容姿かつモデル体型のままだ。これでも、リアルとは同一人物とわからない程度に顔をいじっていると本人は語っているが、見た目だと作り物のような違和感はない。

βから変わっているところと言えば、髪の間から見える耳が長く尖っているところかな。どうやら柚月は、種族をエルフにしたらしい。

服装は、βのときに最後に着ていたジャケットにブラウス、それにパンツスタイルという、はっきり言ってファンタジーというよりも現代的な衣装である。

「わしは、ドワーフのドワン。担当は、鍛冶じゃの」

次に挨拶したのはドワン。鍛冶全般を担当するプレイヤーだ。βのときに宣言していたとおり、正式サービスでは種族をドワーフに変えたらしく、身長は百六十センチ程となっている。髪型も、ブラウンの髪を適当に切りそろえたというか……とにかくそんな感じだ。

βのとき種族はヒューマンしか選べなかったため、身長百八十センチちょっとのナイスガイだったが、いまはドワーフということもあって低身長となったのだろう。外見は初老といった感じに仕上げている。口調もそれにあわせているし、ついでに言えば声色《こわいろ》も変わっている。おそらく、ボイスチェンジ機能を使っているのだろうが……違和感なく仕上げてくるあたり、さすがロールプレイ勢と言ったところか。

柚月と同じく、やはりβのときに着ていた革製の半袖シャツにベスト、ズボンにトレッキングシューズといったラフな服装に身を包んでいる。

「イリスだよ、よろしくねー。担当は、木工全般かなー」

最後に挨拶をしたのは、イリス。木工製品の担当で、俺たちのクラン『ライブラリ』に所属していたメンバーの中で一番若い……というか、まだ中学生のプレイヤーだ。先に挨拶した柚月とドワンは、大学生のはずなので、その若さはとくに際立っている。

アバターは……見た感じだとわからないが、おそらく種族はハーフリングだろう。もとから低めだった身長がさらに低くなっており、いまは百五十センチに届くか届かないかといったところだ。

服装はふたりと同じく、βのときのまま、フリル付きノースリーブドレスにキュロットスカートだ。柚月が仕上げているだけあって、見た目的には非常に可愛らしく、イリスの雰囲気にマッチしている。そして髪型はエメラルドグリーンの髪をミディアムヘアにしている。

「あ、私の担当は……料理でよろしいでしょうか？」

「カタイわね、ユキ。私ら、あまり歳も変わらないはずだし、もっと砕けた口調で構わないわよ」

「うむ、そうじゃの。わしも現実では大学生じゃしのう」

「そーそー、気楽にいこう。それがうちのやり方だし」

ユキの話し方がよそいきなのに対し、柚月たち三人はもっと気楽な感じでいいという。

ユキの場合、緊張もあるのだろうが、これが基本なんだよな。

「えっと……わかりました。でも、口調は癖のようなものなので気にしないでください」

「そうなの、トワ？」

「そうだな。多分、慣れてくれれば砕けた感じになると思うから、いまは気にしないでくれ」

お互いの自己紹介は終了、今後の予定に移る。いちおう、クランマスターだったこともあり、俺から話を切り出すことにする。

「さて、大前提の話になるが、クラン『ライブラリ』は再結成して、ここにいるメンバーは全員参加、ということで間違いないな」

俺の確認に対するほかの皆の回答を待つ。

「もちろん。そうじゃなかったら、ここに来ないって」

「それでも、いちおう確認は必要だろう。今後の予定に関わる、大事なことなんだからさ」

「まあ、そうじゃのう。それで、ユキの嬢ちゃんも参加で構わないのじゃな」

「はい、よろしくお願いします」

「オッケー。いやー、料理メインの担当者がいないからどうしようか、って話になってたんだよねー。βテストのときに」

全員、当然といった様子で参加の承諾をしてきた。これで、クランの設立とユキの加入については、話がまとまった。さて、ここからが本題だ。

「次にクラン設立に必要なお金をどう集めるかだな。まあ、これもいちいち確認するまでもないけど……」

「そうだねー。まずは、各自で自分の分野の経験値稼ぎと並行して、マーケットに商品を流してお金稼ぎかなー」

「それしかなかろうよ。露店をする時間があれば、少しでもいい品を作るための時間に充《あ》てたいしの」

「そうね、まだ生産レベルが低いから、作品に銘《めい》は入れないで市場に流しましょう」

β経験者にとっては当たり前のことを聞いているので、三人とも変わった様子もなく答える。

「あの、市場とかマーケットってなんですか？」

先ほど購入してきた果物で、全員分のジュースを作っていたユキから質問が出る。ユキにとっては知らなかった単語が出てきたこともあって、確認をしたいようだ。

「ああ、マーケットって言うのは、アイテムの取引が自動でできるシステムかな。市場って言うのはその通称」

「はい、わかりました。話の流れを止めちゃって、ごめんなさい」

柚月の回答を受けて、ユキが少し申し訳なさそうに返事をする。

「いいえ、気にしなくていいのよ。基本は大事だからね」

「ちなみに、ユキの料理にも期待してるからな。値段をちゃんと適正価格でつければ売れるから、心配しなくていいぞ」

「そうなの？」

自分の料理が期待されているとは思ってなかったのか、俺の発言にユキは驚いたようだ。

これにドワンがさらに補足をする。

「むしろ、昼間見た限り、市場の料理は枯渇気味といったところじゃのう。品質も★2程度が一般的で、味も微妙じゃ」

「味覚があるっていうのはすごいことなんだけど、美味《おい》しくないっていうのは微妙よねぇ……」

ドワンと柚月がげんなりとして言うが、味覚はあっても味が微妙じゃやる気も落ちるよな。料理は満腹度があるから食べないわけにはいかないし。

なお、満腹度は一定値を下回ると、ステータスが下がったり、ダメージを受けるようになったりするシステムだ。

「ああ、ユキの料理は大丈夫だぞ。ウルフ肉の焼き肉だが、塩コショウとハーブだけで★4作るほどだからな」

「★4ってことは、バフ付き料理ね……ウルフ肉は、やっぱりSTR？」

「いや、VITを一時間の間＋2だったな」

「なるほど、最序盤の素材でもそれだけの効果が望めるなら、間違いなく売れるわね。というか転売も起こりそう」

柚月はいかにもやり手商人というべき様子で分析を行う。

ただ、現時点で対策をするのは難しいだろう。

「転売まで対策する必要はいまのところないだろう。こっちが決めた利益を得られるなら。しばらくの間は、な」

「じゃあ、まずは資金稼ぎのための素材集めね。特典の初級生産素材セットを開封しましょうか」

βテスターだった俺たちは、全員『初級生産素材セット』を引継特典としてもらっている。なお開封した結果は、『銅鉱石』『錫鉱石』『ナラの木材』『ウルフの皮』『薬草』『ウルフの肉』が、それぞれ五十個ずつだった。

「うーん、素材は全部★2かぁ。できれば★3がよかったんだけど……」

素材セットの開封結果を見て、柚月が残念そうに言葉を発する。ドワンとイリスも言葉には出していないが同じ感想なのだろう。

「ああ、それなら大丈夫だ。錬金で合成すれば品質が上昇するから。合成で数が減り二個で一個になってしまうが、品質はそろえられる」

俺の提案を受けて、三人は気を取り直したようだ。そして、ドワンが最初に依頼をしてくる。

「では、それで頼むかの。いまはまだ、素材が★3でないと★4の装備を作るのは難しいからの」

ドワン以外のふたりも同様に依頼をしてきたので、俺の初めの作業は素材の品質上げに決まった。

「まあ、いま市場に流れてる装備品はほとんど★2で、★3が時々交じっているぐらいなんだけどねー」

イリスも現在の流通状況は確認しているらしい。俺たちが作ろうとしているアイテムはそれよりも高品質になるのだが、高品質になる分には問題ないだろう。

さくさくと今後の予定が決まっていく。ユキは隣りでニコニコしているから、初心者なりに理解しているということだろう。

「それじゃ、トワは早速だけど合成をお願い。私たちも、早く自分の装備を調えたいからね」

「了解。じゃあ、トレードよろしく」

俺の手もとに全員分の素材が集まったので、サクサクと合成で素材の品質を上げていく。その間に、柚月たちは種族レベルやスキルレベル、素材の採取場所などの情報交換を始めた。

「ふむ、この近辺で鉱石を集めるなら、西の崖沿いにある採掘ポイントというわけか」

「木材も、北の森まで足を伸ばさないなら西の林で十分かなー。ナラの木材が手に入るかはわからないけど」

「私の素材は現状だと、最高品質の物がウルフの皮になるから、そっちは任せていいわよね、トワ」

「ああ、俺たちの素材も北の森やその周辺で手に入るから、そっちは任せてくれ。あと、薬草類を見かけたら採取よろしく」

ドワン、イリス、柚月、そして俺と、現状で入手できる素材の確認をサクサクと済ませる。

序盤の素材については、βのときと変わっていないようなので、スムーズに共有できた。

結局、すべての素材の合成が終わるまでの三十分の間に、今後の予定はほぼ確定した。ここからは、各個人の装備調整タイムだ。まずは素材を配ってしまわないと。

「それじゃあ、合成した素材を配布するぞ。まずは、自分たち用の最低限の装備作製からだな」

「うむ。確認じゃが、ユキの嬢ちゃんのメインウェポンは、槍で間違いないな？」

「ええと、槍じゃなくて、できれば薙刀が欲しいんですが作れませんか？」

ユキが背負っている槍を見てドワンが装備の確認をするが、ユキは薙刀が欲しいらしい。

それに対し、ドワンは難しい顔で答えた。

「ううむ……できれば作ってやりたいが、薙刀となるとオリジナルレシピ扱いになるじゃろう。すまんが、リアル時間で二～三日ほど時間をもらえるか。さすがにいまは、スキルレベルが低すぎる」

「はい、それなら構いません。それでは、つなぎの武器として槍をお願いします」

最初からオリジナルレシピ扱いの装備を作るのは、さすがのドワンでも難しいらしい。

ユキもとくに気にした様子もなく、了承する。

「わかった。それで、鎧は金属鎧でよいのかの？」

「えっと、それもできれば、もっと動きやすい鎧装備がいいんですが、難しいですか？」

ユキとしては重そうな金属鎧は避けたいようだ。

そうなると鎧の作成は、ドワンではなく柚月の領分となる。

「金属鎧がダメなら革鎧ね。そっちは私の管轄になるから、あとでウルフレザーの革鎧一式を作ってあげるわ。ちなみに、トワもウルフレザーの革鎧でいいのかしら？」

柚月が革鎧を作ることを決め、俺にも同じものでいいかの確認をしてきた。

「ああ、それで構わない。あと足装備には格闘用の仕掛けが欲しいんだが、可能か？」

「安全靴みたいに金属を仕込むことは可能ね。ドワン、ブロンズができたら、いくつかちょうだい」

「心配せずとももうできとるわい。ほれ」

ドワンはすでにブロンズをいくつか作っていたようで、すぐに柚月へと渡した。

柚月も渡された物の品質を確かめて満足げな表情を浮かべ、次の確認へと移る。

「サンキュ。それじゃ後衛で品質が多少低くて防御力が低めでも問題がない、トワの装備から作るわ。その後、イリス、ユキの順番ね。あ、これはスキルレベルアップの恩恵がある順番だから、ユキをハブろうってわけじゃないからね」

「はい、わかっています。急がなくても構わないのでよろしくお願いします」

「大丈夫よ。私も明日はおやすみだから、朝までには完成させておくわ」

さすが廃人思考の柚月だけあって納品までの時間が短い。そのほかのメンバーも、メインウェポンは、柚月が魔法職のため杖、イリスが弓、ドワンがメイスという形で落ち着いた。

なお、俺の武器である銃は、まだ作製方法が判明していないらしい。教授に連絡を取って『インデックス』として掲示板まで調べてもらった結果なので、間違いないだろう。とりあえず、俺を除いてこのメンバーの装備品については、明日の朝までには全部仕上がる予定だ。イリスは中学生らしいのだが、そんなに夜更かししても大丈夫なのか不安になる。

そこに、我が妹ハルからのメールが届いた。

『お兄ちゃんのクランでわたしたちの武器ってそろえられないかな？　予算は各自五千Eで収まると助かるんだけど』

「ドワン、妹からの依頼で、武器を見繕って欲しいそうだけど、できそうか？」

「素材の量的にはまったく問題ないのう。素材がブロンズでよければ、むしろいまのうちに発注しておいてもらったほうが助かる」

「了解、それじゃそう返すよ」

そのあと、メールをやりとりしてわかったことなのだが、ハルたちは予定通りウルフ討伐に挑み、数に押されて見事に返り討ちにあったとのこと。それならばと装備を新調しようと思ったが、市場に流れている物は、まだまだ低品質品か、さもなくばボッタクリに近い価格らしい。なお、その狩りの際にはリクも同行していたらしく、最後まで粘ったが、数に負けてボコボコにされたようだ。

というわけで、リクの装備依頼も追加された。

リクの装備内容は、取り回しやすいショートソードとカイトシールドで合計八千E前後に抑えてほしいという要望だ。それについてもOKが出たため、リクに伝えると、めちゃくちゃテンションの高い返事が返ってきた。俺の妹たちの装備品についても、明日の朝までには仕上げるということなので、その予定を各自に伝えた。

そのあとは、メンバーそれぞれの生産作業に入る。柚月はまず皮のなめし作業、ドワンは銅鉱石と錫鉱石を炉で溶かしブロンズインゴットの作製、イリスは木工台で杖や弓を作っている。俺とユキは、それぞれ調合と料理を続けた。

途中、満腹度が減ってきたメンバーにユキの料理が振る舞われ、その味が絶賛されるといったことがありつつ、おおむね問題なく作業は進んだ。そして、貸しスペース利用時間の終了時間がきたので、その場は一度解散となった。

そのあと、ギルドで商品鑑定をしてもらい、各自自分の商品を市場に販売登録した。商品鑑定は、自分が作った作品を生産ギルドに鑑定してもらうと、その出来栄えでギルド貢献度が上がる仕組みになっている。ギルド貢献度が上がればギルドランクが上がり、さまざまな特典を受けることができる。

俺の作った回復薬は、一般品が★1か★2に対して最低でも★3、一部が★4ということもあり、かなり強気の値段設定とした。ほかのクランメンバーも、数を優先としたシンプルなデザインだが、★3以上の装備品を用意し、こちらも強気の値段で出品している。一方で、数打ちで失敗した★2品は、リーズナブルな価格で市場に流した。勿論、俺とユキの作った消耗品については、仲間に渡す分を別途作製して渡してある。ウルフ肉の焼き肉五個ずつにＨＰポーションを十個ずつ渡しておけば、とりあえず今日は問題ないだろう。

というわけで、このあとも生産活動を続けるメンバーは貸しスペースを借りに行き、寝ることにした俺とユキ、イリスはこのまま生産ギルドをあとにして、ギルド前広場でログアウトするのであった。

---

翌朝、現実時間午前七時。目を覚ました俺は、顔だけ洗ってログインしてみることにした。昨日ログアウトしたギルド前広場に現れると、メール着信のアイコンがあったため、その内容を確認する。メールの差出人は柚月とドワンだ。内容はどちらも『頼まれていた装備ができたから取りに来い』という内容だった。送信時間は、現実換算で午前二時ごろと午前六時半ごろなんだけど、ふたりともちゃんと寝たのだろうか？　フレンドリストを確認すると、ふたりともログイン中だったので、まずは柚月と連絡を取る。

『おはよう、柚月。ちゃんと寝たのか？』

『あら、おはようトワ。とりあえず、三時間は寝たから大丈夫よ。このあと、また仮眠を取るつもりだし』

どうやら生産の調子がよすぎて、眠気も重なり少々ハイになっている感じのようだ。さっさと取引を終わらせてしまったほうがよさそうだな。

『頼んでいた装備ができているなら取りに行きたいんだけど、いまどこにいる？』

『フレンドリストから確認できるでしょ。生産スペースよ。ドワンも一緒にいるからこっちに来て』

フレンドリストには、相手の大まかな現在地が表示される。表示されている柚月の現在地に向かうとしよう。


生産ギルドの貸し生産スペースまで移動すると、柚月とドワンが出迎えてくれた。

「ようこそ、トワ。はい、あなたとユキの分の装備よ」

「こっちもユキ嬢ちゃんと、おぬしに頼まれていた分の装備ができあがっているぞい」

ふたりからトレードされた装備は、当然ながらいま装備している初心者装備とは比較にならないほどよい品物だった。たとえば、柚月の作った皮装備だけ見てもこの通りだ。

ウルフレザーの革鎧　★4
ウルフの革を利用して作られた革鎧
魔術的な処理もされているため
動きやすく防御力も向上している
装備ボーナスＡＧＩ＋１
ＤＥＦ＋８　ＭＤＥＦ＋４　ＡＧＩ＋１
耐久値：１２０／１２０

ウルフレザーのリストガード　★4
ウルフの革を利用して作られたリストガード
魔術的な処理もされているため
動きやすく防御力も向上している
装備ボーナスＡＧＩ＋１
ＤＥＦ＋４　ＭＤＥＦ＋３　ＡＧＩ＋１
耐久値：１２０／１２０

ウルフレザーのグリーブ　★4
ウルフの革を利用して作られたグリーブ
魔術的な処理もされているため
動きやすく防御力も向上している
またブロンズ板が仕込まれているため
格闘用にも使える
装備ボーナスＡＴＫ＋２　ＡＧＩ＋１
ＡＴＫ＋２　ＤＥＦ＋６　ＭＤＥＦ＋３　ＡＧＩ＋１

耐久値：120／120

このほか、ユキ用の槍や、別に頼んでいたハルたちの装備も含め、すべて★4で揃っている。この辺は、さすがとしか言いようがない。

「ハルの嬢ちゃんたちの分として、ブロンズアーマーも作製してあるがどうする？」

少し眠たそうな顔をしながら、ドワンが俺を見上げて聞いてくる。

「うーん、まだハルたちはログインしてないし、いちおう受け取るだけ受け取っておこうかな。ちなみにいくらで売ればいい？」

「市場に流す時は三万Eで流しておるが、嬢ちゃんたちなら八千Eと言ったところかの」

「了解。会ったときにでも聞いておくよ」

「うむ、頼んだぞい。あと、おぬし用の採取道具一式も渡しておこうかの」

そう言って渡されたのは、ツルハシと伐採斧が数セットだった。これで採掘や伐採もしてこい、ということなのだろう。

「うん、了解。ところでふたりは売上どれぐらいになってる？」

どの程度売れたのかを聞きたかったのだが、柚月が眠たげな目で答えてくる。

「私もドワンも、夜中に作った分はまだ市場に出品してないわよ。生産ギルドの商品鑑定もまだだしね。トワもまだ出品してない物が残っているんでしょう？　一緒に行きましょう」

「いまならそんなに時間も取られないか。了解、行こうか」

「ええ、行きましょう。正直、早く市場に出品してゆっくり仮眠を取りたい気分だわ」

トロンとした目をしているだけあって、早く眠りたいらしい。

俺もそんなに時間はないし、さっさと行動するとしよう。


---

商品鑑定を受けた結果、三人ともギルドランクが一ランク上がって2になった。ギルドランクが上がったことで、早速『弟子入りクエスト』と通称されるクエストを受けることができた。

【始まりの街】にいる職人の作業を手伝うという内容のクエストだ。

俺たちはクエストを受諾して、それぞれ市場に商品を出品する。俺たちの作った★3や★4の商品は市場にほぼ存在しないため、今回も強気の値段設定だ。現状で手に入るだろう最高品質品だし、売れ残ったら値下げして再出品すればいいのだ。

こうして、市場への出品が終わったあと、俺たちは軽く挨拶を交わし、柚月とドワンはログアウトする。俺も現実で朝食を作らないといけない。リクに装備ができたことと追加で鎧装備があることをメールして、俺もログアウトすることにした。

ログアウトした俺は、キッチンに向かい朝食の準備を始める。朝食は簡単にトーストと目玉焼き、それに野菜ジュースだ。

「おはよー、お兄ちゃん」

午前八時ごろ、遥華が起き出してきた。

「おはよう遥華。朝食の用意はすぐできるから、とりあえず顔でも洗ってこい」

「はーい」

ゆるいやりとりをしながら朝食となり、朝食を食べ終わったあとは自然と〈UNLIMITED WORLD〉の話題になる。

「お兄ちゃん、今日の予定はどうなってるの？　あと、わたしたちの装備は？」

「今日は九時からログイン予定。あと、お前たちの装備は、全員分できあがってるから受け取りにこい。あと、ブロンズブレストアーマーの★4があるから、一個八千Eでよければ売るぞ」

八千Eという値段を吟味しながら、遥華は明るい表情でこたえる。

「八千Eか……武器と合わせて一万三千E。ならわたしは買おうかな。ほかの皆には、ログインしてから聞いてみるよ」

「ああ、そうしてくれ。じゃあ、朝食の後片付けは任せたぞ」

「はーい。ログインしたら、すぐに装備の受け取りに行くから待っててねー」

朝食の後片付けは元より遥華の仕事だったため、暢気《のんき》な声で引き受ける。あとを任せた俺は、再度〈Unlimited World〉にログインした。

俺が再びログインした時刻は、現実時間で八時三十分ごろ。待ち合わせまではゲーム内時間で一時間ほどある。なので、貸し生産スペースを一時間だけ借り、残っていた手持ちの薬草をポーションに調合する作業を行っていく。途中でユキも合流したため、預かっていたユキ用の装備品一式を渡したあと、キリのいいところで作業を切り上げる。そして、商品鑑定を行ってもらい、自分たちの分を残して作ったポーションを市場に流す。

「商品鑑定かぁ、そういうシステムもあるんだよね。忘れるところだったよ」

隣ではユキも自分が作った料理の鑑定をしてもらっている。ユキの料理も市場へと流す予定だ。だが、問題になったのは、ユキの知識不足から来る市場価格の設定の甘さだった。

最初、ウルフの焼き肉が★1で100Eで売られているのを見たらしく、昨日の夜に自分の★3の料理を500Eで売ろうとしていたのだ。さすがにそれは俺が介入して止め、試しに1500Eで出品してみたが、一分かからずに売れたらしい。

そのため、今回は販売価格を2000Eから2500Eの二種類を設定して様子見。バフ効果がかかった★4の料理については、強気の10000Eを設定することにした。ちなみにユキの作った料理には作製者を表す『銘』が設定されていたが、それは消してから売ることにした。

『お兄ちゃん、ログインしたよ。いまどこー』

現実時間で午前九時になるころ、ハルからのフレンドチャットが飛んできた。

『生産ギルドの中だ。生産ギルド前の広場で合流しよう』

『りょうかーい。すぐに向かうね』

ユキのほうでもリクから連絡があったようなので、同じく生産ギルド前の広場で合流するように伝えてもらう。俺たちは、生産ギルドを出てすぐ目の前の広場でハルたちの到着を待っていると、五分とかからずにハルたちがやって来た。

「おまたせー、お兄ちゃん。さっきぶりー」

「おひさしぶりです、えっと……こちらではトワさんですね。サリーです、よろしくお願いします」

「トワさん、おひさしぶりー。カリナだよー」

「ああ、皆よろしくな」

ハルはβの時からアバターを変更していないようだ。ワンサイドアップの髪型に、桜色に着色した鎧装備でやってきた。

サリーはハルがソフトを渡した相手の沙央理のようだ。彼女にはリアルで何回か会っているので顔の特徴を見ればすぐにわかった。

対してカリナのほうは、β時代にハルと一緒に組んでいたプレイヤーだ。彼女とはゲーム内で何度も会っているので、面識がある。話し方といい背が低いことといい、イリスとイメージが重なる相手だ。

三者三様の挨拶を受けたあと、ユキも三人に挨拶をした。

そして、ハルは待ちきれないと言わんばかりにはしゃいだ声で続きを促してくる。

「それで、お兄ちゃん。装備のほうはどうなってるの？」

「ちょっと待て、いまトレードするから……ほれ、こんな感じだ」

ハル用の装備をトレード機能で送る。

「お兄ちゃん……まだサービス開始二日目午前なのに、こんな装備作れちゃうんだ……」

「えっと、すごいですね……」

「ボクたちの装備もこんな感じなの……？」

渡された装備を確認して、三人は驚きの声を上げる。

そして、ハルは市場に出品されている同ランクのものを確認したようだ。

「うわ、市場に出品されてる同等品質の装備だと、値段が三万Eになってるよ……」

「あくまで、ハルたちは身内価格ってことになってるからな。今回は素材にも余裕があったから、この値段だ。次からは、もっと高くなると思えよ」

今回はあくまでも特別、ということについて念を押しておく。

「りょーかい。さぁ、お兄ちゃんの気が変わらないうちに、早いところトレードをすませちゃおう」

そう言って、早々に取引をする三人。ちなみに、全員ブレストアーマーも購入してくれた。昨日のうちに、これらが買える程度には金策もできていたようだ。……なお、今回の装備を買ったおかげで、また金欠になったらしいのはお約束だろう。

その後、五人で現在の状況を確認し合っていると、リクが合流した。

リクもハルと同じくアバターの変更はないようだ。β時代の全身鎧アバターに、見慣れた髪型でやってきた。

「お待たせ。トワ、さっさと品物を出せ。ああ、ブレストアーマーも買うぞ」

「せわしないな。ほれ、リクの分の装備だ」

見た目はアバター装備で変更していたが、中身は初心者装備のままだったリクに装備をトレードすると、すぐさま装備を変えたようだ。そんなに急いで、なにかこのあと予定でもあるんだろうか。

「どうした？　このあと予定でも入ってるのか？」

「いや、まだ予定はない。でも、急いで準備すれば、いいパーティ募集に乗れるかもしれないだろ？」

ふむ、どうやらリクもこれからの予定は入っていないみたいだ。どうせならこのメンバーでパーティを組んで……。

「ねぇねぇ、このあとの予定がまだ決まってないなら、ここにいる皆でパーティ組んで狩りに行かない？」

どうやらハルも同じことを考えていたらしく、そのような提案をしてくる。

「このメンバーでか……うん、バランスも取れてるみたいだし、ありだな。あえて言うなら、純魔法職がいないのが不安か」

「このあたりで狩れるモンスターなんて、物理も魔法も関係ないから問題ないだろ。あと、狩りが終わったら、集まった素材買い取るぞ」

「っていうことは、採取もしながらってことか。まあ、いまから募集していくよりも効率的か。それに、全員装備の更新がすんでるみたいだしな」

「俺とユキは、昨日も初心者装備のままウルフ狩りをしてたからな。そう考えれば、効率よくサクサク狩れるだろ」

そう、このメンバーに渡したブロンズ装備があれば、ウルフなんて目じゃない。むしろ、ウルフの上位種にあたるグレイウルフあたりが、今日の狙い目だと思っている。

「それじゃパーティ申請を送るから、今日の午前中はこのメンバーで北の森で狩りだな」

俺は全員をパーティに誘って、一度冒険者ギルドに立ち寄り、北の森関係のクエストと追加でボス討伐クエストを受け、北の森へと向かうのだった。

---

「いやー、パーティが強いと、ホントにタンクとしては楽ができていいな！」

そんなことをリクが言いだすぐらい、ウルフ狩りは楽だった。全員の装備が強化されていることもあり、二発程度で誰でもウルフを倒せてしまうのだ。

タンクをリクに任せている分、ユキも攻撃に専念できるし、リクの攻撃力も申し分ない。俺のＩＮＴも着実に上がり、まだスキルレベルの低い【火魔法】スキルでも、十分な攻撃力が出せてしまっている。

そういうわけで、ウルフ狩りは三十分程度で切り上げ、上位のグレイウルフの縄張りまで来たのだが、実質的な難易度はあまり変わらなかった。敵を倒すまで二発で終わっていたのが三発ぐらい必要になったぐらいで、動きもウルフと比べてあまり目立った差はなく、むしろ体が一回り大きくなったため、こちらの攻撃が当たりやすくなった。タンク役のリクも、とくに危なげなく敵をさばいていた。

戦闘を十時過ぎまでこなしたころには、全員の種族レベルが13から14に達していたので、俺はある提案を持ちかける。

「それじゃ、そろそろエリアボスのキラーマンティスに行ってみようか」

俺は、そう唐突に今日の本題を切り出した。

「キラーマンティスか……うん、いまのパーティならいけそうだな」

リクは俺の唐突な提案にもかかわらず乗り気のようだ。

実際、このパーティならキラーマンティスに十分に勝てるだけの種族レベルやスキルレベルに達しているだろう。

「キラーマンティスねぇ……いつかは挑まなきゃなんだし、ちょうどいいね」

ハルが乗り気で提案に賛成してきた。

「そうだね、ボクもさんせー」

「負けても【始まりの街】に戻されるだけで、ちょうどお昼ごろですものね」

「トワくんがやりたいって言うなら、私も構わないよ」

カリナ、サリー、ユキの女性陣も反対はなしと。それなら挑まない理由はないな。それじゃあ移動して、キラーマンティスと戦いますか。

途中でエンカウントするモンスターを倒しながらフィールドを進むことおよそ三十分、ようやくキラーマンティスのいる場所までたどり着いた。三メートル台の巨大なカマキリ型ボス、キラーマンティスについての情報は、すでに掲示板や攻略サイトにも詳しく書かれているので、それを参考に作戦を立てる。といっても、タンクであるリクがひとり正面で攻撃を受け止めている間に、ほかのメンバーが背後や側面からダメージを与えるという至極単純なものだ。

なぜ、ほかのメンバーが正面に立たないかというと、キラーマンティスの鎌攻撃の範囲が意外と広いということと正面に対して衝撃波を放つ特殊攻撃があるため、正面はタンクひとりでほかのメンバーは側面や背後に回るべし、というのが一般的な攻略法になっている。

そのほかにも、いくつか特殊行動があるが、使ってくる確率が低かったり、距離を取れば問題なかったりと、二日目にして攻略法が確立されている、ちょっとかわいそうなボスである。まあ、『キラーマンティスを倒すところまでがチュートリアル』なんて言われているので、簡単に勝てなきゃあまり意味はないんだけど。

「キラーマンティスか……久しぶりに見るけど、大きさだけは立派だよなぁ」

リクがそんなつぶやきを漏らす。

「リク、あなたキラーマンティスと戦ったことがあるの？」

「ああ、ユキ姉は知らないんだっけ。βのときも、最初のエリアボスはキラーマンティスだったんだよ」

そう、二日目にして攻略法が確立されている最大の要因は、βテストのときもエリアボスとして存在していたからだ。

　最前線を突っ走っている、いわゆる攻略組と言われるメンバーによって、キラーマンティスはβテストのときとほぼ同じ行動しかしてこないことがわかっていた。正直に言ってしまえば、俺とリク、それからハルの三人が、いまのレベルで揃っていればまず負けることはない。それぐらい、勝つのが簡単なボスなのだ。

「正直、わたしたち三人でも勝てそうなぐらいのレベルだからねー。緊張しないでも大丈夫だよユキ姉」

　ついでに言うなら、ここに来るまでの移動中にボス対策はユキにしっかりとレクチャーしておいた。よほどの油断がなければ、誰一人として欠けることなくクリアできるはずだ。ユキと同じく、βテストに参加していなかったサリーには、ハルが戦闘方法を説明している。

　あえて一番死にそうなのは誰かと聞かれれば、一番HPの低い俺だろう。

　弱い弱いと言われるキラーマンティスだが、ひとつだけ回避困難な特殊攻撃がある。

　それの使用頻度《ひんど》はあまり高くないが、それでも使われるとダメージを受けてしまうので、最大HPの低いプレイヤーは危険なのだ。

「そうは言っても、やっぱり初めてのボスって緊張しちゃうよね……」

「ユキさんもそうですよね。私も緊張してしまいます……」

　正式サービス開始から参加している、ユキとサリーの初心者コンビは少し緊張気味だが、戦闘を始めればすぐ調子を取り戻すだろう。

「さあ、いつまでもカマキリを眺めていても仕方がない。そろそろボス戦をはじめるぞ」

全員が頷いたことを確認して、俺はボスフィールドに足を踏み入れた。


ボスフィールドに足を踏み入れると、そこはインスタンスフィールドになる。一度ボスフィールドに入ってしまえば、勝つか負けるかしない限り、ここから出ることはできない。

「ギルルル……」

それと、エリアボス戦は、必ず発見状態から始まってしまうため、【奇襲】スキルが発動できないことも難点か。

「さて、それじゃはじめますか！　『かかってこい』このカマキリ野郎！」

早速、タンク役のリクが【挑発】スキルを使いながら、キラーマンティスの裏側に回り込む。【挑発】によって、リクがターゲットとなったため、キラーマンティスは、こちらに背を見せる。

「さて、ここからは打ち合わせ通りに行くぞ！　フレイムランス！」

俺は背を向けたキラーマンティスに向かって【火魔法】を放ちながら、リクの姿が見える位置まで移動する。今回の作戦では、俺はヒーラー兼アタッカーのため、リクを回復できる位置をキープしなければいけないのだ。どのスキルにも共通して言えることだが、スキルを使う対象の姿が目視できないとスキルは使えない。そのため、俺はリクの姿を視認できるキラーマンティスの側面に回り込む。なお、【火魔法】を使っている理由だが、称号による増幅分を考慮しても【風魔法】より単発威力が高いからだ。

　ほかの四人は、キラーマンティスの背後から隙の少ないスキルを中心に使用して攻撃している。リクも時折、【挑発】を放つことを忘れずにスキル攻撃を当てながら、キラーマンティスの攻撃は盾でブロックする、というタンクとしての基本をしっかりと行っている。

　そして俺は、リクのＨＰが減ったらヒールを使って回復させつつ、【銃】スキルで攻撃している。ヒーラーとしての役割があるため、ＭＰを消費する魔法スキルでの攻撃はあまり行わないようにする必要があるのだ。

　ターゲットがリクから外れることもなく着実にキラーマンティスのＨＰバーを削り、残り六割程度まで削ったとき、キラーマンティスの体が浮かび上がった。

「踏みつけ攻撃！　全員退避！」

　キラーマンティスの特殊行動のひとつ、ホバリングからの踏みつけが放たれた。これは近距離全周囲攻撃だが、ホバリングの滞空時間がそこそこあるため、動きを見てから避けることができる。

　実際、今回は俺の号令で全員がキラーマンティスから距離を取ったため、完全に空振りとなっている。初めから効果範囲外にいた俺以外の全員が、死に体となっているキラーマンティスに威力の高いスキルを放ち、たたみかける。俺も、【火魔法】や【風魔法】などのスキルの中で、威力の高いスキルをキラーマンティスに叩きこみ追い打ちをかけると、使用したＭＰの補充のためＭＰポーションをあおる。

このラッシュでキラーマンティスのＨＰは残り三割程度まで一気に削ることができた。だが、クールタイムがあるため、すぐに同様のスキル攻撃はできない。

行動パターンがもとに戻ったキラーマンティスに、全員が最初と同じように堅実にダメージを与え、ＨＰバーが残り二割を切ったころ、あらためてキラーマンティスの行動パターンが変化する。いわゆる発狂モード、最後の馬鹿力的な攻撃モードである。

激しさを増したキラーマンティスの鎌による攻撃に対し、リクは盾を使うことで受けに専念する。ほかのメンバーは、威力の高いスキルを連発し一気呵成《いっきかせい》に責め立てる。俺もリクを回復しつつ、キラーマンティスに攻撃を仕かける。

だが、ＨＰが残りわずかになったとき、キラーマンティスがいきなり高空に飛び上がった。

（まずい！　全方位衝撃波！）

俺が一番恐れていた、エリア全体攻撃の準備にキラーマンティスが入った。高空へ飛び上がってしまったため、魔法攻撃ができないメンバーは攻撃が届かず、魔法攻撃ができるメンバーの攻撃だけでは、残りＨＰを削りきることはできそうにない。

「一か八か！　フレイムランス！」

俺も残りわずかなＨＰを減らすため、【火魔法】のフレイムランスをキラーマンティスに叩きこむ。

すると、キラーマンティスの羽にフレイムランスが直撃し、キラーマンティスが墜落した。

「……………あー、キラーマンティスって、羽を部位破壊できるんだ……」

目の前で起きた墜落事故に、一瞬全員があっけにとられるが、すぐに追い打ちをかけてキラーマンティスを撃破したのだった。

〈エリアボス『キラーマンティス』を初めて撃破しました。ボーナスSP6ポイントが与えられます〉


---

「お兄ちゃん、最後のあれって……」

ハルが、なにか言いたげなまなざしでこちらを見上げてくる。

「ああ、羽部分の部位破壊の効果だな、きっと。羽を攻撃できるタイミングが、踏みつけと衝撃波のふたつしかなかったから、いままで知られてなかったんだろう」

妹よ、そんな目で見ないでくれ。俺だって、たまたま攻撃が羽に当たっただけで、こうなるとは思わなかったんだ。

「まあ、全周囲攻撃の対処方法が、ひとつ増えたってことでいいんじゃね？　そんな悩むことでもねーよ」

リクが軽い言葉で返してくる。これ、教授に教えたら頭抱えるだろうなぁ……検証が面倒で。

「そんなことより、【第二の街】に急ごうぜ。そろそろリアルでもお昼になっちまう」

時刻を確認すると、ゲーム内時間で午前十一時、現実時間で午前十一時半だ。

「そうだな、【第二の街】も見えてることだし、早いとこ向かうか」

妙に疲れたボス戦を終えた俺たちは、【第二の街】へ向かい、冒険者ギルドでクエスト完了を報告する。この街の転移門を、ポータル登録したところで解散となった。


---

「とどめ、フレイムランス！」

ログアウトしてお昼を軽くすませたあと、あらためてログインしてユキと合流。その後、柚月たちも含めた『ライブラリ』メンバー全員で集まり、【第二の街】へ向かいたいという話になった。

そのため、午前中のメンバーが再集結し、レイドチーム――複数のパーティでひとつのパーティとするシステム――を使って柚月たちを【第二の街】まで護衛することとなった。

本日二戦目となるキラーマンティス戦だったが、対レイドチームということで若干ステータスが強化されていても、特段問題なく撃破した。むしろ、羽の部位破壊ができるとわかった二戦目のほうが、簡単に片付いてしまった。

「それじゃ、護衛はここまでで大丈夫だよね、お兄ちゃん」

「ああ、ありがとな、皆」

転移門から【始まりの街】に戻っていくハルのパーティやリクを見送り、俺たちは一路【第二の街】の生産ギルドへと向かった。

「【第二の街】への移動、簡単にできてよかったねー」

「まあ、あっちからしてみれば、良質な装備を安く譲ってくれたお礼もかねてって話だからな」

とりあえず、生産をするわけではないが、談話室代わりに生産スペースを借りて、今後の予定を確認する。

「無事【第二の街】にたどり着けたわけだが、今後の予定はどうする？」

このあとの行動について確認すると、柚月が最初に回答をした。

「まず私たち三人は、【始まりの街】に戻って種族レベル上げね。多分、この周辺じゃまだ戦えないでしょうから」

確かに、採取をするにしても、多少は戦闘ができないと厳しい。そう考えると、種族レベルを上げることが急務か。

「わしとしては、早いところ【鉱山街】に向かいたいところなのじゃが……」

「それはまだ無理だよー。最前線組ですら、【鉱山街】へのエリアボス『ロックゴーレム』を倒せてないいんだから」

ドワンとしては、次の街に早く行きたいようだが、イリスに否定されてしまう。

「今日のように、レイドチームを組んでも無理だろうな。装備の質もレベルもまだ足りていない」

鍛冶担当のドワンとしては、鉄鉱石が簡単に手に入るようになる【第三の街】、別名【鉱山街】

への移動を優先したいのだろう。だが、まだ攻略情報もそろっていない状況では、無謀過ぎる話である。それは本人もよくわかっているだろうから、否定されてもあまり気にしていない。ドワンたちが昨日売りに出した装備で、攻略が進んでくれるとうれしいのだが。

「【鉱山街】への移動については、時期を見て考えるとして、だ。市場に流した商品って、どうなってる？」

クランの結成もそうだが、なにかとお金が必要になる生産職としては、商品の売り上げはやはり気になるところである。

「ボクの商品は、全部売れてたよー」

「わしもほとんど売れておるのう。売れ残りは、使用者の少ない大斧ぐらいじゃ」

「私もほぼ売り切れね。っていうか、トワのほうはどうなのよ」

イリス、ドワン、柚月の賞品は基本的に売り切れのようだ。三人とも声はなんとなく明るい。

「俺も出品してた分はすべて売り切れてるな。さすが消耗品だけあって、回転が早い早い」

「えっと、私の料理も売り切れてます。とくに★4料理とか、あんなに高かったのに売り切れなんて……」

俺とユキのものも基本的にすべて売れていた。そもそも、全員の商品が供給の少ない高品質アイテム群だ。お金を出せば買える状況で、買わないという選択はお金を稼いでいるプレイヤーたちにはなかったのだろう。

「うーん、それじゃあせっかく【第二の街】に来ていることだし、先にクラン設立だけしちゃいましょうか。お金にも余裕があるし」

柚月からクラン設立の提案が出された。まだクランホームなどは準備できないけど、ついでだし設立しておいても構わないか。

「さんせー。出遅れて名前を使えなかった、とかになっても困るしね」

「わしも異議なしじゃ」

「私もいいと思います」

「じゃあ決定だな」

異論はないようなので、俺たちは早速申請をすることにした。クラン設立の申請は、【第二の街】以降の冒険者ギルドで可能となっている。最初に設立費用五万Eを支払えば、誰でもクラン設立ができる。早速、俺たちは冒険者ギルドに向かい、クラン設立申請を行った。

「クラン名『ライブラリ』で登録っと、できた！」

「それじゃ、私たちをクランに参加させてね、クラマス」

柚月、ドワン、イリス、ユキをクランに参加させて、柚月にサブマスター権限を設定っと。

「あら、私がサブマスターでいいの？　てっきりユキにするものだと思ってたけど」

「えっと、私じゃまだまだこのゲームに慣れていないので無理です」

「冗談よ。初心者に面倒な役割を押し付けたりしないから、安心して」

柚月はなんだかんだ責任感があるから、サブマスにはちょうどいい人選なんだよな。

「あの、そういえば皆さんはどういった経緯で集まったんですか？」

ユキのその質問に、全員が苦笑を浮かべる。

「それについては、そんなに深くはないけど理由があるんだよ。ここじゃ落ち着かないし、別の場所に行って話そうか」

俺はそう言って、ユキたちを連れて冒険者ギルドをあとにした。


---

街の大通りから一本外れたところにある喫茶店。そこで俺たちは一息つくことにした。

「ふう、この紅茶おいしいな」

「こっちのミルクココアもおいしいですよ」

俺たち五人が頼んだのは、ケーキセット。それぞれが好みのケーキとドリンクを頼み、舌鼓《したつづみ》をうっているところだ。

ちなみに、ドワンは戦闘用のスケイルメイル装備から普段着用のシャツやベストといった服装に着替えている。さすがに鎧で喫茶店には来なかったようだ。

「それで、このクランを結成した経緯って、どういうものだったんでしょうか」

あらためてユキが尋ねる。

「ああ、それね。ぶっちゃけて言うと、ほかのクランからの勧誘がめんどくさかったからよ」

柚月があのときの経緯を、かなり端折《はしょ》って話す。

「え？　クランの勧誘ですか？」

案の定、ユキはわかっていないみたいだなぁ。俺でもいまの説明だけじゃ、理解できない自信があるぞ。

「あー、その前に私たちの立場から話さなきゃダメね。私たち四人、まあ、クラン結成当初はもっといたんだけど、全員、生産職としてはトップクラスの実力を持っていたのよ。勿論、いまでもトップ生産者を目指そうという、目標はあるんだけどね」

「うむ。βテストでクランシステムが実装されたとき、激しい勧誘合戦があってな。そのときに、わしらのような上位生産スキルを持つ人間は、それはもういやになるほど勧誘を受けたのじゃよ」

「ホント、あのときはめんどくさかったよねー。酷《ひど》いところになると、転移門に張り付いて、つきまとってくる連中とかもいたしさー。ああ、そういう連中は、まとめて運営《GMコール》に通報で対応させてもらったけどねー」

あのころは本当に大変だった、としみじみ語る三人。ちなみに、俺のところにも勧誘の話はきていたが、一度断れば粘着してくるようなバカは『ほとんど』いなかった。それでも粘着してくるバカは、ＰｖＰでぶちのめして、お引き取りいただいたのだけど。

「それでね、私たち以外も含め同じような悩みを持つ生産者で集まって、どうしようかって話し合いをしたわけよ。で、そのときに出た案が『自分たちでクランを立ち上げてしまおう』ってことだったのよね」

「複数のクランには、所属できないからの。あくまで『自分たちはもう別のクランに所属している』

ということを示せれば、うっとうしい勧誘も減るだろうと考えたわけじゃな」

「それで、今度は誰がクラマスをやるかって話になったんだよ。できれば、ある程度戦闘もこなせて有名な生産プレイヤーがいい、って話になってねー。それで、白羽の矢が立ったのが、トワだったってわけなんだよねー」

「『生産プレイヤーの寄り合い所のようなクランを起《た》ち上げるからクラマスになってくれ』、って頼まれたときはなにごとかと思ったけどな」

βテストのとき、俺は生産職としてもそれなりに名が知れていた。だが、それよりも前線に立つ攻略組プレイヤーとしてのほうがメインだったのだ。そのようなプレイヤーを捕まえて、『生産プレイヤークランのマスターになってくれ』という話は、いっそ面白かった。

「俺も、その話を聞いたときは驚いたよ。でも、自分も何度か追い回されてる立場だったからな。事情は多少とはいえ理解できるし、なにより自分にもそういうことがなくなるからって引き受けることにしたんだよ」

「ただ、クランの運営に素人のトワがあまり口を出すのは、好ましくないって話になってね。実質的な運営は、サブマスである私が行うってことになったのよ」

「そうしてできた、生産職の隠れ家クランが『ライブラリ』というわけじゃな」

懐かしそうに語る俺たちの話を、ユキは楽しそうに聞いていた。

「それで、どうしていまは四人しか残っていないんですか？」

「わしらはうっとうしい勧誘がいやであっただけで、クランに所属する気がなかったわけではないからな」

　ユキの疑問に、ドワンがしみじみと答える。さらに、その後の様子をイリスが話し始めた。

「普通の生産プレイヤーとして過ごしているうちに、良識的なクランとのおつきあいが増えて、条件面で折り合いがついた人たちは、そっちのクランに移籍していったんだよねー。で、最後に残ったのがボクたち四人ってわけ」

「あ、辞めていったプレイヤーとも仲が悪いってわけじゃないのよ。いまでもお互いに連絡を取り合っている人も多いしね」

　イリスと柚月も当時を思い返しているのか感慨深げだ。

　そして、最後に俺が締めくくる。

「まあ残った俺たちは、どこか特定のクランに所属する気がなかったメンバーってことになるな」

『ライブラリ』はあくまでも隠れ家的な役割だったため、最初からクランに所属する気がなかったプレイヤー以外、全員所属クランを見つけられた、というのは喜ばしいことだ。おかげで隠れ家《ライブラリ》は閑散としてしまったが。

「なるほどです。でも、そんなクランに私が所属してしまってよかったのですか？」

　ユキのもっともな質問に、柚月は笑いながら返す。

「ユキはトワの知り合いだしね。β終了で解散する前に話を聞いてたし大丈夫よ。普段なら入団試験みたいなものをやるんだけど、特別枠ってところかしら。もっとも、あの料理の腕前なら十分合格だけどね」

仮に入団試験をしても、現段階で★4以上を作れれば問題なく合格だろう。

ちなみに、βの間に入団試験をパスできたメンバーも、いまでは別のクランに移籍して活動しているることだろう。

当時を振り返っているのか、相変わらず懐かしさを感じさせる口調でドワンとイリスが続ける。

「βのときは、わしらのことを『生産職の養成機関』とか、『生産職の秘伝を教えてくれるクラン』だのと勘違いしてくる連中もいたからのぅ」

「そういった人たちは、悪いけど入団を断ってきたんだよねー。で、ソッチの勘違いはなくなったけど、今度は『生産スキルの秘伝を隠蔽《いんぺい》してるクラン』なんて噂が出てきたりして、たいへんだったなぁ……」

いろいろとあったけど、あの頃はあの頃で楽しかったな。

「まあ結局は、俺たちしか残らなかったことで、その辺の噂も自然消滅したわけだがな。俺たち生産プレイヤーは、横のつながりも強かったりするから、あまりにも態度の悪いプレイヤーは、生産プレイヤーのほぼ全員から総スカンくらうことになってたし」

俺の言葉に続けて、柚月が笑いをかみ殺しながら言葉を続ける。

「一時期は、『生産プレイヤーには逆らうな』って話が広まったこともあったわね」

なんだかんだ言っても、生産職の助けがないと戦闘職は行き詰まる。逆も言えるのだが、そこは持ちつ持たれつというわけだ。

そんな風に昔の話をしながら、午後のゆったりとしたひとときを俺たちは過ごした。

そして、【第二の街】でのお茶会のあとは、それぞれ自分の予定にしたがって行動することとなった。


---

「それで、トワくん。私たちはどうするの？」

柚月たち三人と分かれて、ユキと並んで街中を歩いていると、ユキがこちらの顔を見上げながら今後の予定を聞いてきた。

「んー、いまは生産系スキルのレベル上げを優先したいから、『弟子入りクエスト』かな」

「『弟子入りクエスト』？」

ああ、そういえば説明してなかったか。

「ほら、生産ギルドで商品鑑定してもらったときに『紹介状』をもらっただろ。あれを使って受けられるクエストなんだよ」

「いったい、どういうクエストなの？」

「ざっくり説明すると、住人の職人に弟子入りして、いろいろと教わりながらスキルを上げるクエストだな。これをやっておくと、後々いいことがあるんだよ」

「うーん、でも、それを受けている間って別行動になるんだよね」

ああ、ユキにとってはそっちのほうが問題になるのか。

「そうだな。俺は多分、薬師のもとでの修行になるし、ユキの場合、間違いなく料理人だから別々の人に師事することになるな」

「うーん、トワくんと離ればなれになるのはいやだなぁ……」

「まあ、離ればなれっていっても数時間だけだよ。ほかの職人にも聞いたけど、いくつかのステップを踏んで師匠の教えを学ぶ、ってクエスト内容だからな」

だが、あまりユキの表情は冴えない。

「ちゃんと修行場所までの送り迎えはしてやるから心配するなって。それにどうしてもダメだったらクエストリタイア《あきらめ》すればいいんだし」

「うーん、わかった。とりあえず、まずは受けてみるね」

ひとまず、ユキの説得は成功したようだ。

といっても、一流の生産職を目指すなら弟子入りクエストは外せない要素のひとつだから、がんばって欲しいのだけど。

「ところで、その弟子入りクエストってどこで受けられるの？」

「基本的に第一段階は【始まりの街】のはずだけど、紹介状を使ってみてくれるか」

「うん、わかった。……【始まりの街】の食堂に行くように指示されてるみたい」

「わかった、じゃあまずはそこに行ってみようか」

そうして、俺たちは転移門を使って始まりの街に戻るのだった。

「ユキの紹介状で指定されている場所ってここか？」

「うん、間違いなくこのお店だよ」

始まりの街に戻ってきた俺たちは、まずユキの修業先に寄ることにした。

そこは街の中でもかなり大きな食堂であった。

「クエストマーカーもここを指してるみたいだし、間違いないか。とりあえず、入ってみよう」

「うん、そうしよう」

ユキは少し緊張していて表情がかたい。

「いらっしゃいませ！　おふたりですか？」

入ってすぐに声をかけられた。

おそらく、ウェイトレスをやっている住人《NPC》だろう。

「ああ、俺たちは客じゃなくて、ここにいるアレンさんに用事があるんだ。ユキ、紹介状を」

「あ、うん。これをお願いします」

紹介状を受け取ったウェイトレスさんは、紹介状を確認し、奥に向かって声をかける。

「お父さん、お客さんだよー。ギルドからの紹介だって」

すると、厨房のほうからずっしりとした体型の男性が出てきた。

「うん？　お前さんたちが、ギルドからの推薦をもらってきたのか？」

「ああ、いえ。俺は付き添いです。料理人の紹介状を渡されたのは、こっちのユキです」

「えっと、ユキです。よろしくお願いします」

「なるほど、ギルドからの頼みとあっちゃ断れないな。オレはこの店の主人でアレンだ、よろしくな、嬢ちゃん」

「はい、よろしくお願いします」

うん、最初は問題ないかな。ダメな場合は、いきなり門前払いだから。

「それで、ソッチの小僧はどうするんだ？」

「俺は薬師のところに向かいますよ。そちらの方に紹介状を書いてもらっているので」

「お前さん、薬師志望だったのか？」

「薬師というか錬金術士ですね」

「……ふむ、なら嬢ちゃんと一緒に修行していかねえか？　薬を作るうえで、料理の技術があっても困ることはねえからな」

あれ、こんな流れ昔《βテストのとき》はあったかな？　普通に調薬士としてしか活動してないから知らないや。あ、でもユキが期待した目でこっちを見てるな、これは一緒に修行することにしたほうがいいか。

「……それじゃあお言葉に甘えさせてもらいます。でも俺は【料理】スキルは持ってませんからね」

「なーに、お前さんたちは異邦人だろう。だったら、修行していれば勝手に覚えるよ。本当に羨ましい限りだがな」

〈派生クエスト『料理の基本を学べ』を受注しました〉

このような形で俺も料理修行をすることになった。料理に興味がないわけじゃないし、βのときも少しかじっていたけど、なぜにこうなった……。

---

〈料理スキルを取得しました〉

あれから三時間ほど、料理人の修行ということで、料理の下ごしらえ作業を続けた。その結果、本当に【料理】スキルを取得してしまった。なお、ユキのほうは下ごしらえ作業について、完璧ということで、早々に次の修行段階に入っている。

「お、お前さんも大分できるようになってきたな」

様子を見にきた、アレンさんがそのようなことを言う。

「これだけできれば、見習い料理人としてもやっていけるだろうよ。まずは、簡単な焼き料理やサラダ作りなんかで基本を磨くんだな」

「まあ、そうなりますよね。ちなみに、どうして俺に料理を教える気になったんです？」

「そりゃ、薬作りでも料理の知識が役立つからだ。あとは、食べることで体力が上がったりする『薬膳料理』なんかもあるからな。お前さんとしても、そういうのは興味あるだろう？」

正直に言えば、すごく興味がある。薬膳料理なんて、βテストのときはなかったからな。

「まあ、薬師の爺さんのところでも修行しなきゃならんのなら、そろそろ終わりだな。ちょっと、嬢ちゃんを連れてくる」

そう言ってアレンさんはユキを呼びにいった。薬膳料理か……少し料理のほうも鍛えてみようかな。しかし、スキルばかり増えて、どんどん器用貧乏になっていっているのは、気のせいだろうか。

「おまたせ、トワくん」

「おう、嬢ちゃんを連れてきたぞ。……それから、これは俺から爺さんへの紹介状だ。嬢ちゃんにも薬作りを教えてやってくれってな」

どうやらアレンさんのほうで、ユキにも薬作りを教えてもらえるように手を回してくれるみたいだ。ここはありがたく受け取っておこう。

「それじゃ、紹介状ありがとうございました」

「ああ。お前さんも料理修行を続けたいなら、また来てくれて構わんぞ」

そういうことなら、時間があるときは料理スキルを鍛えにくるか。

「それでは、ありがとうございました、アレンさん」

「おう、また来いよ」

俺たちはアレンさんに送り出され、今度は薬師のもとに向かうのであった。


---

「ここが薬師の家か」

「家というより、お店だよね」

さて、薬師はどんな住人なのか。

「ごめんくださぃ……」

「なんじゃ、もうポーションなら売り切れとるぞ。欲しければまた今度来い」

なんだか頑固爺って感じの人だな。とりあえず、紹介状を出すか。

「いえ、ポーションを買いに来たのではなく、ギルドからの紹介で来ました」

「ふむ……ということは、調薬士志望か」

「正確には、錬金術士ですけどね」

「薬作りには、そっちも必要になるわい。……それで、そっちの嬢ちゃんのほうはなんだ」

「そちらも紹介です。ギルドではなく、食堂のアレンさんからですけど」

「アレンからの紹介か。ということは、薬膳料理用の知識を教えろと言ったところか。まあ、よい。ふたりともわしが教えてやろう。まずは――」

〈チェインクエスト『始まりの街の薬師』を受注しました〉


――まずは調合の基本、素材集めからということで、自分たちで使用する薬草類を集める。

街の東門を出たところに薬草類の群生地があるって聞いたけど、本当だろうか。

「あ、トワくん、あそこに採取ポイントがあるよ」

「ほんとだ。こんなところに群生地があったとはなぁ」

　これも弟子入りクエストのおかげなのだろうか。情報の出回っていない薬草の群生地を見つけた。どうやら普通の薬草だけでなく、ＭＰポーションの材料である『魔力草』や、ＳＴポーションの材料である『気力草』も生えているみたいだ。……わかりやすくはあるが、もう少しひねったネーミングにできなかったのだろうか。それから、俺たちはふたりで手分けして薬草類を集め、薬師の店へと戻っていった。


---

「ほう、もう集め終わったか。早かったな」

「ええ、いい群生地を教えてもらって、ありがとうございます」

「なに、あのあたりはちょうどいい具合に魔力だまりがあってな。薬草類が育ちやすいのよ。それでは、次は実践の調合ということになるが、おぬしら調合の経験は？」

「俺はそれなりに。ユキは未経験です」

「ふむ、そういうことならお嬢ちゃんのほうは、わしが一から手順を教えるとするか。おぬしのほうは……とりあえず、適当に薬を作って見せてくれ」

　なんだか俺のほうは投げやりな対応だが、習熟度を考えると妥当か。爺さんがユキに調合の手順を教えるのを横目に、俺は俺で自前の調合セットで調合をはじめる。

　まずは、薬研《やげん》を取り出し、薬草をすりつぶす。すりつぶし終わったら、小鍋で薬草を煮込み、煮込み終わったら薬草液を漏斗《ろうと》に濾紙《ろし》をおき、不純物を除去しながらポーション瓶に移して完成だ。

……うん、HPポーションは問題なく★4が作れるな。

「……ふむ。おぬしの腕前なら、わしがあらためて教えることはない気がするのう」

　いつの間にか、俺の横に来ていた爺さんからそのような言葉がかかる。爺さんのセリフから察するに、ここの合格基準は★4のHPポーション作製レベルか。【調合】スキルのレベルで言うと、レベル10前後ってところだな。

「まあ、HPポーションは作り慣れてますからね。ほかのポーションは、久しぶりに作るので少々心配ですよ」

「ふむ。おぬしの腕前なら問題ないであろうがなぁ。……まあよい、コツを教えてやろう、いいか――」

　爺さんから、残り二種類のポーション作りのコツを伝授してもらえた。試しに習ったことをなぞりながら作ってみると、しっかり★4のポーションが作れた。

「ふむ、やはりおぬしの腕前ならば、次の師匠に師事したほうがよさそうじゃのう。少し待っておれ」

〈チェインクエスト『始まりの街の薬師』をクリアしました。称号『見習い調合士』を手に入れました〉

一日目にして弟子入りクエストをクリアしてしまった。とはいえ、ユキの件もあるし、いきなり次の段階に進むのもなぁ……。

「ほれ、【第二の街】の錬金術士あての紹介状じゃ……どうした微妙な顔をして」

「え、ああ。ユキのほうの修行もあるだろうし、これからどうしたものかと」

「なんじゃ。それならば、おぬしもお嬢ちゃんに教えてやればよかろう。そのほうが、効率は上がると思うぞ」

そう言われてみればそんな気もするので、明日からは余った時間でユキの作業を手伝おう。

そして、弟子入りクエストを始めてから三日。俺とユキは順調にクエストを進めていた。もっとも、ユキも料理クエストについては二日目にはクリアしてしまって、いまは俺の付き添い、というか補助をしてくれているのだが。俺のほうも、調合ではユキの補助をしているので、そこはおあいこだろう。

「うーん、調合って結構難しいね」

ユキはそんなことを言っているが、センスがあるのか、二日目には【調合】スキルも【錬金】スキルも取得していたのだ。できない人間は七日ぐらいかかるので、ユキは十分に優秀な部類に入るだろう。

「そこは慣れだな。生産スキルはどれも時間をかけてじっくり育てるものだから」

「うん、それはわかっているつもりなんだけど、やっぱりね」

俺の【料理】スキルの成長に比べて、ユキの【調合】や【錬金】スキルの伸びが悪いのを気にしているのだろう。しかし、俺たちの成長速度の差にはわけがある。単純にステータスが生産寄りになっている俺と、タンク寄りになっているユキでは、どうしても生産スキルの成長速度に差ができてしまうのだ。そのことは伝えてあるんだけど、それでもやっぱり納得がいっていないみたいだ。

「そういえば、柚月さんたちはいまどうしているのかな？」

「柚月たちも弟子入りクエストの最中だってさ。ほかにも種族レベルを上げたり、商品を作ったりと忙しいみたいだ」

「そっか。皆、忙しいんだね」

春休み中ということもあって、皆ログイン時間は長いが、やることが多くて集まる時間は取れていなかった。まあ、クランを結成済みなので、必要なときはクランチャットで連絡は取り合っているのだが。

「とにかく、薬草類を集めに行くぞ、調合を鍛えようと思ったら、とにかく数をこなすことが重要だからな」

「うん、それじゃ行こうか」

その日もユキは薬草集めと調合で一日を終えたのであった。


---

次の日の午前中、ユキは用事があってログインできないということなので、俺はひとりで薬作り

に勤《いそ》しんでいた。薬作りの最中、教授が俺を訪ねてきたので、いまは休憩をかねて情報交換をしている。ちなみに、教授たち『インデックス』も無事クラン設立ができたようだ。

「へえ。それじゃ、弟子入りクエストの弟子入り先ってひとつじゃないのか」

「うむ。我らのクラン『インデックス』でも、同じスキルを持っている者が、別々の師匠を紹介されたのである」

メガネの位置を気にしつつ、教授は少し難しい顔をしながら教えてくれた。

「多分、評価内容やほかのスキルを使っているかとか判断してるんだろうな……検証たいへんそうだな」

「うむ……正直、この件については、条件未確定として流すことに決まっているのである」

『インデックス』でも未確定ってなると、もう検証不可能ってことじゃないかな……。

【始まりの街】からいきなり面倒な仕掛けを仕込んでくるなあ、運営。

「それにしても、紹介先から派生して、別の職業の弟子入りが始まるというのも、興味深い話であるな」

「まあな。多分、生産スキル同士で相性みたいなのがあって、それに当てはまるスキル構成だと派生が始まるんだろう」

「ふむ。トワ君とユキ君の場合は、パーティを組んだ状態だからその条件に当てはまった、と考えるのが妥当か」

あのタイミングで派生クエストが始まったんだから、それぐらいしか考えられる条件はない。パーティ内で同じ生産スキルを持った人がいる場合、ボーナスが入るのはすでによく知られたことだし。

「しかし、そう考えると、組み合わせは膨大な数になってしまうのであるな。いやはや、どう検証したものか……」

生産スキル同士の組み合わせであっても、その数はかなり多い。さすがに、それらすべてを検証することなどできないと、天を仰ぎながら教授がぼやいていた。

「最初から検証は諦めて、条件未確定ってことでいいんじゃないか？　最低でも【料理】と【調合】の組み合わせで発生したことだけ告げてさ。そもそも複数の生産スキルを上げるとか、現状だと手間がかかりすぎて、やっていられないだろう」

「ふむ。その線が妥当であるな。いやはや、検証したい内容が多すぎるというのも困ったものである」

その辺は、情報屋ならではの悩みなんだろうな。俺はあくまでも、自分に必要な分の情報しか集めていないし。

「しかし、トワ君が料理とはな。いま、スキルレベルはどこまで上がったのであるか？」

教授がけろっとした様子で、現在のスキルレベルを聞いてくる。

「さらっと個人情報を聞いてくるな……。まあ、構わないけど。料理は8に上がったところだな」

「ということは、もうそろそろ修行も終了であるな。これからは拠点を【第二の街】に移すのであるか？」

教授の話しぶりだと、やっぱりこの街でのクエスト終了目安はスキルレベル10か。

「そうなるだろうなぁ。【第二の街】での弟子入りクエストもやらなきゃだし」

そもそも、すでに【始まりの街】の適正レベル帯から外れてしまっている。戦闘スキルや種族レベルは、【第二の街】に移動しないと、もうほぼ伸びないだろう。

「ふむ、我々もメインの拠点はすでに【第二の街】であるからな。また有益な情報があれば、よろしく頼むのであるよ」

「ああ、またなにかあったらよろしくな」

会話が終わると、にこやかな表情で別れの挨拶をして教授は立ち去っていった。俺も早いところこの街での弟子入りクエストは終わらせないとなぁ……。ほかの皆も、【第二の街】の弟子入りクエストに進んでいるし、薬師《アイテム屋》が一番遅れているってのも、あまりいい状態とは言えないからな。


---

その後、俺とユキが弟子入りクエストを終了するのに二日かかった。やはり対象スキルのレベル10が、クエストクリアの条件なんだろう。ただ、派生クエスト側では、次の師匠への紹介状はもらえなかった。その辺もなにか理由があるのだろうが、これで気兼ねなく【第二の街】に拠点を移せる。

「思ったよりも時間かかっちゃったね、トワくん」

「まあ、仕方がないさ。別系統の生産スキルを二種類同時に育てるとなると、時間がかかるものだし」

俺たちは早速【第二の街】に移動して、ユキの弟子入り先となる店の前までやってきた。お店の雰囲気としては、一般的な人が、少し高級な料理を食べたいときに来るようなお店、といったところか。

とりあえず、まずは店の中に入る。お店の人に、ユキがアランさんからもらっていた紹介状を見せると、すんなりと店の奥へと通されて、店の主人と面会することができた。

「ほう、アランからの紹介か。……ということは、調合も学んできているな？」

「はい。アランさんからそのほうがいいと言われたので、学んできました」

「それはよい。うちは薬膳料理も取り扱う店だ、調合の知識がなければ作れないからな」

「薬膳料理に調合ですか？」

関連があることだとは思っていたが、思わず質問をしてしまう。

「そちらは薬師、あるいは錬金術士か。さよう、この世界では薬膳料理とは、薬草類を利用した料理のことを指すのだよ。無論、薬草をそのまま料理の中に入れても、まともな料理にならない。だからこそ、調合の知識がないと作ることができないのさ」

なるほど、それでユキに調合を覚えさせたのか。

「でも、次の紹介状はもらってないですが」

「それはそうだろう。なにも材料を全部自分ひとりで用意する必要はない。必要なのは素材を扱える知識なのだからね。私だって薬膳料理に使う薬草類は、外部から仕入れているよ。自分では下処理できないからね」

　こちらもうなずける理由だ。ゲーム的に言ってしまえば、それぞれのスキルレベル10というのが最低限の基礎知識、ということなのだろう。

「君も私のもとで修行したいというならば面倒を見よう。だが、君には君の修行があるのではないかね」

　つまり、俺は錬金術士としての修行を優先したほうがいいと。勿論、その通りなので黙って頷いておいた。

「さて、それではお嬢さんは私のもとで修行してもらおう。君はどうする？」

「俺は俺の推薦先で修行させてもらいます。大丈夫だよな、ユキ？」

「うん、少し寂しいけど大丈夫」

　そういうわけで、これからは分かれて修行に励むこととなった。


　俺は指定された次の修業先である、錬金術士の家に向けて移動する。そこは、街の大通りに面した立派な店だった。

「いらっしゃい。欲しいのは薬かい、錬金術の素材かい？」

　俺が中に入ると、店主であろう男性から声をかけられた。錬金術士というには、見た目がワイルドな気がする。

「いや、どちらでもありません。ゼノンさんですね。クイドールさんから紹介されてきました」

なお、クイドールというのは、【始まりの街】の薬師の名前である。

「ほう、クイドール師匠からの紹介か。なら断れないな。確かに、俺がゼノンだ、よろしくな、少年」

店主……ゼノンさんは、俺のそばに来て挨拶すると手を差し出してきた。俺もその手を取り握手をしながら挨拶を返す。

「トワと言います。よろしくお願いします」

ゼノンさんの手は、かなりゴツゴツしていた。それに、背もかなり高めで、そばに立たれると見上げた形で話をしなければいけなくなる。

「俺のところに来たってことは、お前さんも錬金術士であり薬師なんだろう？　そうじゃなけりゃ、俺のところを紹介されないからな」

「はい。あと料理も少々」

「なおいいな。鍛えれば、薬膳料理用の下ごしらえも頼めるってわけだ」

ああ、やっぱりそうか。薬膳料理の素材を卸しているのは、この人らしい。

「お前さんを弟子として認めよう。早速、腕前を見せてもらいたいところなんだが……お前さん銃士か？」

「はい、そうですが、なにか？」

「錬金術士で銃士か……ちょうどいいな。お前さんは、まずここに行け」

そう言って渡された紙には、この街の地図が書かれていた。

「そこは銃士《ガンナー》ギルド。お前さんに必要なものがそこで手に入るはずだ」


明くる日、俺は【第二の街】にある生産ギルドの談話室に『ライブラリ』のメンバーを集めていた。理由は、俺が手に入れたひとつのレシピを見せるためである。

「……トワ、確かにこれはわしも欲しかったレシピじゃ。だが、これをどこで手に入れた？」

鍛冶師であるドワンが、俺にそう問いかける。

「それは、そのレシピ『拳銃』が指し示す通り、ガンナーギルドだよ」

「ふむ、ガンナーギルドか。あるとは思っていたが、どこにあった？」

ドワンは納得したような顔で問いかけてくる。

ガンナーギルドがあることは知られていなかったので、その疑問も当然だろう。

「この街の町外れにぽつんと。あれは、誰かに場所を聞かないとわからないだろうなぁ」

俺だってあんな町外れにまで行ったことはなかった。誰も場所を知らなくても、無理はない。むしろ、前を通りかかっていたとしても、気付かないかもしれない。それくらい、ひっそりとしたギルドなのだ。

「それにしても、拳銃を作るには【鍛冶】【工芸】【錬金】が必要とはねぇ……」

---

前日、俺はゼノンさんから指定された場所、ガンナーギルドを訪れていた。ぱっと見の印象は、はっきり言ってギルドに見えない。むしろ大きめの民家のように見える。だがゼノンさんに指定された場所は間違いなくここだし、クエストマーカーもこの建物を指し示している。

「とりあえず入ってみるか……」

いつまでも眺めていてもしょうがないので、この建物に入ってみることにする。

すると、

「いらっしゃーい、ガンナーギルドへようこそ！」

やたらとテンションの高い、受付嬢に出迎えられた。ここの受付嬢は猫獣人のようで、猫の尻尾がリズムよく動いていた。

「いやー、ここを訪ねてくる人なんて、本当に久しぶりだよ。ほかのギルドにはよく異邦人たちも来てるって聞いてたのに、うちのギルドだけ全然人が来なくてさー。ねえ、君、どうしてだと思う？」

テンションが高い上に、やたらとなれなれしいな。よっぽど暇だったらしい。

「見かけが、ただの民家にしか見えないからじゃないですかね？　多分、異邦人たちもこの街にガンナーギルドがあると思ってませんよ、きっと」

「あーやっぱり見た目かー。でも、改築するようなお金はないしなぁ。せめて、ギルドエンブレムだけでも外に掲げておいたら違うかな？」

うん、そうだと思う。

「君もガンナーみたいだし、まずはギルド登録だよね。……はい、これで完了。それで今日はどんな用事かな？」

「錬金術士のゼノンさんから、ここに来るように言われたんですけど」

「ゼノンさんから？　っていうことは君も錬金術士かな？　助かるわ、これで滞っていた作業ができる！」

もともと高かったテンションが、さらに上がった。俺が錬金術士であることと、なにか関係があるのだろうか。

「とりあえず、まず君にお願いしたいのは『拳銃』の製造よ！　素材は全部そろっているから、早速で悪いんだけどお願いね！」

「拳銃の製造⁉」

思わず聞き返してしまった。いままで誰も手に入れたことのないレシピ、それが『拳銃』だった。そのため、ガンナーたちは弾で攻撃力を稼ぐことしかできなかったのだ。

「そう、拳銃の製造。あれ、ひょっとしてゼノンさんからなにも聞いてない？」

「はい、聞いてないです」

すると受付嬢さんは仕事の内容を説明してくれた。ガンナーの武器、つまり『拳銃』はいくつかの素材を【錬金】スキルで合成して作るらしい。少し前まではゼノンさんが引き受けていたが、増加する薬の需要を満たすため、薬作りに専念する必要ができた。そのため、いまでは拳銃を完成させられず、売ることができなかったという。

ここまでの説明を聞いたタイミングで、システムメッセージが表示された。

〈Wクエスト『拳銃の製造』を開始します。このクエストが達成された時点より、拳銃の流通が行われます〉

……Wクエスト、つまりワールドクエストですね。どうやらこのクエストを完了しないと、拳銃を買うことはできないらしい。これは面倒とか言っていられないな。

---

〈Wクエスト『拳銃の製造』をクリアしました〉

《とあるプレイヤーが条件を満たしました。これより装備『拳銃』の流通が再開されます。なお、街により販売開始までの日数が異なります》

久しぶりにワールドアナウンスを聞いたな。拳銃の入荷まで数日かかるのか。

「いやー、助かったよ。やっぱり、魔力の高い人が錬金をやってくれると仕事が早いね！」

いや、魔力《MP》が足りなくてポーション使っていたから。まあ、それに見合うだけの【錬金】スキル経験値が入ったらしく、スキルレベルが3も上がってしまった。これって、それなりに錬金レベルが必要な作業なんじゃなかろうか。

「がんばってくれた君に朗報です。特別にガンナーギルドのランクを5まで上げます」

ランク5？　がんばったにしては半端《はんぱ》なランクだな。

「そして、ギルドランク5の特典、『拳銃のレシピセット』を購入できるようになりました！」

なるほど、素材を見ているから作り方も開示すると。そのためのランク上昇ね。


---

「とまあ、そういう経緯で、俺は『拳銃のレシピセット』を買えるようになったわけだ」

「なるほどのう。そして、これがレシピというわけか」

目の前にあるレシピは三枚。銃身・グリップ・拳銃の三つだ。

銃身を作るには【鍛冶】、グリップを作るには【工芸】、最後に拳銃として組み立てるため、モンスターの魔石を使い合成する【錬金】。これらが全部そろって、はじめて意味があるレシピだ。

ちなみに、魔石が火薬代わりとなって弾丸を飛ばすことができるようになっている、らしい。

「しかしあれだ、ようやくレシピが手に入ったと思えば、そんな面倒な工程が必要だったとはのう」

「それで、ボクたちに素材の作製をお願いしたいと」

最初、話を持ち出したときは不思議がられていたが、いまは納得してもらえたようだ。

「まあ、そういうわけだ。あと、この情報を『インデックス』に流すかどうかだな」

情報を拡散するなら、教授たち『インデックス』に頼むのが楽だ。あとは拡散するかどうかを決めるだけではある。これについては、柚月からどうするべきか提案された。

「情報は流しておかないと面倒なんじゃない？　ようやく拳銃を買えるようになったところで、プレイヤーメイドの拳銃がいきなり出回りはじめたら、話題になるなんてものじゃないし」

確かに、柚月の言う通り、話題になったときが面倒か。それなら最初から拡散しておいたほうがよさそうだ。

「それじゃ、あとで教授に連絡しておくよ。それで、拳銃の素材なんだけど作れそうか？」

「可能かどうか、で言えば可能じゃな。ただ、まずはブロンズで試さないと不安じゃ」

「同じく、低ランク素材で作ってみないと不安かなー。レシピランクが高いし」

クラン内での部品の生産もドワンとイリスに任せれば大丈夫のようだ。

レシピランクが高いことで不安だ、と言っているが、どこか楽しそうでもある。

「その辺は任せるよ。あと、耐久値が減ったときの修理は、【鍛治】扱いみたいだからよろしく」

「それじゃ、今日は解散ね。まったく、いつものことだけど、変わったものを拾ってくるんだから」

まるで、俺がいつも変なことをしているみたいなことを言われた。……でも、反論できないようなことしているよなぁ……。

「はっはっは、それじゃあ、いまでも、拳銃の製造は請け負ってるわけだな！」

あの集会から数日後、ゼノンさんの笑い声が響く。

今日はゼノンさんの店で、錬金と調合の修行である。

「ええ、まあ。報酬も出ますし、錬金の修練にちょうどいいので」

そう、結局、あの依頼のあともガンナーギルドに通って拳銃の製造を行っている。いまでは通常依頼の扱いになっているが、錬金経験値が高いうえに、一日に数回分請け負える。

素材も向こう持ちなので、俺が使う費用はせいぜいMPポーションぐらいだ。

教授と話し合って決めたガンナーギルドの情報拡散は上手くいっているようで、ここ数日は俺以外にも、ガンナーギルド《ガンナーギルド》を訪れる人が増えている。だが、拳銃の製造クエストは『拳銃』レシピを持った【錬金】スキル持ちしか受けられないため、実質独占状態だ。

「そうだろう。あれはお前さんレベルの錬金術士にはちょうどいいんだよ。俺以外に引き受ける錬金術士がいなかったから、俺がやっていたけど、任せるのにちょうどいい弟子ができたなら、任せてやらんとなぁ」

「それはどうも。でも、最初にギルドへ行く前に、事情を説明してもらえると嬉しかったんですがね」

「最初からネタバレしていたら面白くないだろう」

うん、ゼノンさんはこういう人なのだ。悪気はないが、豪快というかめんどくさがりというか。

それでいて調合や錬金の指導は的確で、俺のスキルレベルはめきめき上昇している。ユキのほうも順調に料理人修行に励んでいるようだ。

ちなみにサブジョブのほうは、一段階目のクラスチェンジ済みで『初級錬金術士』となっている。また、称号のほうも『見習い錬金術士』を手に入れている。

メインジョブのほうは、狩りに行く時間が足りなくて、ここ数日はまったくレベルが上がってない。これは『ライブラリ』のメンバー全員に言えることで、狩りに行く時間を生産修行と商品製作に割り当てているためである。とはいえ、あくまでも、生産職の戦闘力なんておまけみたいなものなので問題ない。最初のころに急いでレベルを上げていたのは、【第二の街】に行けるようにするためだった。

次は【鉱山街】、つまり次の街に行かなきゃならないのだが、それは後日、攻略組のクランに手伝ってもらうことになっているため、こちらも問題ない。

それから、クランの拠点を手に入れることもできた。【第二の街】の北門広場へ向かう通り沿い、そこにあった売り家を改築してクランホームとすることにしたのだ。一階は店舗スペースと各自の『工房』施設、それから休憩場所として談話室、二階は来客対応用の応接間や会議室など、三階が各個人の個室となっている。この土地と建物を買ったり、建物内をいろいろと改装したり、あとは新しい各自の生産設備を購入したりなどなどで、各自の販売利益から一部分を割り当てていた、クラン口座——要するにクランの共有資産——の残額が一気に減ってしまったが、満足のいく買い物ができた。

ただ、βテストのときは、どれだけ改築や改装を施しても一瞬で完了していたが、正式サービスからは、改築や改装を施すと時間がかかってしまうらしく、完成して引き渡しまではまだ数日を要するとのこと。そちらも、あとは完成を待つばかりなのでまったく問題がない。

問題があるとすれば……。

「あ、ゼノンさん。明日からはだいたい一日おきにしか来られなくなりますので」

「うん？　そりゃ毎日来なくても構わないが、なにか用事でもあるのか？」

「ええ、まあちょっと」

……本来的な話をすれば問題ではない。現実《リアル》での本分を果たすだけだ。そう、つまるところ、昼間に予定ができる。明日からは高校生になるのだ。

# EX《閑話》・クランホーム

「トワ、クランホームを買いに行くわよ」

三月も終わりというころのある日。柚月に呼び出されたと思ったら、そんな宣言をされた。

「……ずいぶんといきなりだが、なにかあったか？」

「『なにかあったか？』じゃないわよ。クランホームを買うのに十分なお金が手に入ったから、買いに行こうって言ってるの」

クラン口座の金額って、柚月任せにしていて、自分じゃ確認してないんだよな……。

「……そこまで稼いでたっけ？」

「なに言ってるの？　稼ぎ頭は、あなたとユキよ？」

ああ、なるほど。ポーションと薬膳料理か。

現在の市場において、高品質ポーションはほぼ、というよりは完全に俺製の薬が独占状態だ。

★4品ですら滅多に出回らない、出回ったとしても一個単位の販売なのに対し、俺の場合は★4品なら十個単位、★5品でも五個単位で販売している。

そして、それらはかなり強気な値段設定でも売れている。

なぜなら、このゲームにはポーション中毒の概念があるからだ。

ポーション中毒とは、短時間に大量のポーションを使用すると発生するバッドステータス《バステ》で、中毒状態になると、ポーションを使用することで逆にダメージを受けるようになる。

さらに、ポーション中毒中は各種ステータスも下がり、中毒を治す方法は時間経過による自然回復しかない。

そのため、ポーションの使用機会が多い、前線の攻略組ほど一回の回復で、回復量が多い高品質なポーションを求める傾向がある。

だからこそ、強気な値段でも、ある程度の範囲なら飛ぶように売れるわけだ。

それに、たまに、あえて俺の考える適正価格より、高値をつけているポーションも売れている。

それだけ、ポーションの需要は、供給を多く上回っているのだろう。

また、ユキの売っている薬膳料理もバカみたいに売れている。
★4品でHP・MPが一時的に30上昇、★5品になるとHP・MPが一時的に50上昇する料理は、死線に立つ最前線組にとって、文字通り生死を分かつアイテムになっているのだろう。
薬膳料理は$\beta$のときに存在を確認できなかったため、かなり強気な値段で売りに出したが、一時間もしないうちに即完売した。あまりにも売れるのが早かったため、追加を並べる際にはさらに高値にしたのだが、これも一晩持たずに売り切れていた。

そもそも、バフ付き料理がまだあまり出回ってない中に、異常とも言えるバフがついた料理が並んでいるのだ。ボス攻略など重大な局面では、無理をしてでも使いたいのだろう。

前線組は冒険者ギルドの依頼も数多くこなしているはずだし、懐事情もまた違うのだから。

「それで、クラン口座にはどれぐらいたまってるんだ？」

「聞いて驚きなさい。……6M《ロクメガ》よ」

「6Mって……六百万か。それまたずいぶんと入ってるな」

「内訳を見るとね、やっぱりユキの料理が大分大きいのよ。あの子、自分の売上から口座に振り込む割合が、結構高いらしいの。私的には、二割でも十分って言ってあったのだけど……」

うーん、ユキらしいと言えばユキらしいが……。

いちおう、どの程度振り込まれているか確認しなくちゃダメかな。

「それで、何割が振り込まれてるんだ？」

「売上の五割、半分が振り込まれる設定になってるわね。……私が言うのも変だけど、原価計算とか大丈夫なの？」

「ああ、そっちは問題ない。薬膳料理は原価が高くないからな。普通の料理に、薬草系の代金が上乗せされるぐらいだ。……薬草の下処理に代金が発生しないなら、だが」

ちなみに、ユキが売っている薬膳料理に使われる薬草の下処理は、すべて俺がやっている。錬金術と調合のスキルが必要になるせいで、ユキでは高ランクの素材にできないためだ。

薬草類はユキが用意しているが、下処理の代金については受け取っていない。そのため、原価はかなり安くすんでいる。

そんな料理が一日に十個以上のペースで売れて、しかも単価が一万Eを越えているわけだ。クラン口座にも資金が貯まるというものだろう。

ちなみに、俺のポーションは売上の三割がクラン口座に行くようになっている。ほかのメンバーも売上の三割前後をクラン口座に入れているはずだ。なにせ、クランホームを準備するのは今後のことを考えると、急務なのだから。

「ともかく、資金はがっつり貯まったわ。あとは、いい物件を見つけて改修してしまうだけよ」

「……それもそうだな。それで、ほかの皆には伝えてないのか？」

様子を尋ねると、柚月は疲れたように教えてくれる。

「伝えたわよ。でも、その辺は『私たちに任せる』で終わってるわ」

「……相変わらずだな、皆。お店を出すのに、場所にはこだわらないのか」

「逆に、私がこだわるから、気にしてないんじゃないのかしら？　あと、ユキは『よくわからないからトワくんに任せる』ですって」

ユキは……まあ、そうだよな。

「まあ、正式版からはじめてるユキに、クランホームの場所を考えろと言ってもきついか」

「そういうことよ。これ以上、ここで立ち話をしてもはじまらないわ。早いところホーム屋へ向かいましょう」

ホーム屋とは、一言で言えば不動産ショップだ。ホーム用の土地や建物、あるいはホーム内で使用する各種オブジェクトの販売を一手に担っている。

……まあ、ゲーム的に土地や家屋、家具など購入場所がいろいろなところに散らばっているとたいへんだから、という理由もあるだろうが。

「いい物件は早い者勝ちだからね。急ぐわよ、トワ！」

「はいはい、わかったよ。いまの時点で、そこまでお金のあるクランなんて少ないと思うけどな」

柚月の勢いに引き摺《ず》られるようにして、俺はホーム屋へと向かうのだった。


---

「うーん、立地条件としてはここが最良よね。予算の範囲だと」

【第二の街】の中央広場から北門に向かう、大通りの途中にある建物の前。

ホーム屋で柚月が希望条件を伝えたら、この建物へと案内されたというわけだ。

「お客様の要望を満たすのでしたら、ここが一番かと」

「確かに立地条件は最高よね。……ただ、ちょっとボロいのが気になるわね」

目の前にある建物は、レンガ造りの立派な建物だが、少しばかり年季が入りすぎている。

一言で言うなら、柚月の言う通りボロい。

「確かにこちらの建物は、建築されてから、そして人が住まなくなってから、かなり年月が経過しております。その代わりと言ってはなんですが、取り壊し費用は私どもで負担いたしましょう」

「へえ、気前がいいわね。それじゃあ、ここは土地代だけでいいってことね。ちなみにおいくら？」

「そうですね、こちらの土地は立地条件がいいため、お値段も高めですが……いまでしたら、百万でお譲りしましょう」

「百万Eか……トワ、どう思う？」

「悪くないんじゃないか？　もっとも、ここに建てる建物の代金次第になるが……」

「そちらにつきましても、勉強させていただきますよ。それでは一度、私どものお店に戻りましょう」

「わかったわ。行きましょう」

とりあえず、土地のほうはこれで構わないだろう。

一等地とまでは言えないが、アクセスが悪いわけじゃない場所が、この値段で買えるのだから。

ホーム屋に戻ってきた俺たちは、次に、建てる建物の打ち合わせに入る。これも、要望を口頭で伝えていけば、それに見合った形の建物ができてくるので楽でいい。

そして、デザイン関係は柚月の得意分野だから、丸投げしてもとりあえずは問題ない。

「うーん、だいたいこんな感じかしら。トワ、確認お願いできる？」

「どれどれ……」

外観は、改築前のレンガ造りの建物を洗練したようなものになっている。周囲の建物もレンガ造りが多かったから、それに合わせたのだろう。

ただ、最大の違いは改築前の建物が二階建てだったのに対して、新しいほうは三階建てになっていることだ。

「柚月、三階建てにした理由は？」

「一階は予定通り店舗スペースと、各人の工房スペース、あと、休憩用の談話室。二階には来客用の応接間と、会議室、その他予備の空き部屋。三階は各個人用の私室ね」

各階ごとに用途を分けて設計しているらしい。ただ、クランホームは拠点としての機能も持つが、そこまで分ける必要があるのだろうか？

「……二階って、いるのか？　それに、来客用スペースと私室が同じ階にしても問題なくないか？」

「来客スペースは、あったほうがいいに決まってるじゃない。それに、私室は来客用スペースとは分けたいのよ。個人がくつろげる空間って大事なのよ？　とくに外部の人間が出入りできないようなスペースはね」

「……そんなものか？」

「そんなものよ。プライベート空間の大事さを、少しは理解しなさい」

どうやら柚月はこだわりがあって設計しているらしい。

得意げに語る様子からいって、あまり反対しても仕方がないか。

「……まあ、そこまで言うなら反対はしないが。ちなみにどれくらいの金額になるんだ？」

「工房や店舗スペースに置く予定のオブジェクト費用込みで、二百五十万よ」

「土地代とあわせて三百五十万か……予算ギリギリに近くないか？」

思ったよりも予算を使うことに驚いてしまう。

ただ、柚月にとっては想定の範囲であるようだ。

「それはそれでいいんじゃない？　お金を使わないと経済って回らないわけだし」

「ホーム屋に支払う金額はデータの海《うんえいのもと》に消えるけどな。ちなみに、各人の中級生産セットの代金は含まれているのか？」

「それは別ね。ただ、それぞれの生産セットの値段は事前に把握ずみよ。合計で七十万Eあればそろうわ」

うーん、土地と建物の代金に生産セットの代金が上乗せか。本当に限界に近いな。

「じゃあ、総計四百二十万Eか……本当に余裕がない予算だな」

「別にいいんじゃない？　いまのペースなら、クラン口座に入る金額も落ち込まなさそうだし」

柚月の言っていることも一理あるし、俺としてもとくに問題はない。

ここは、柚月の案に乗っておくか。

「……まあ、いいか。それじゃ、これで決めることにしよう」

「おっけー。それじゃ、これでお願いしますね」

「かしこまりました。……ちなみに、中級生産セットでしたら当方でもご用意できますよ？」

予想外の提案に柚月は驚いた様子だ。

「あらそうなの？　でも手数料とか発生しない？」

「お客様には大量に購入いただいていますから、逆に多少でしたら値引きも可能かと」

「本当⁉　それならここで頼むわ！」

柚月がすごい勢いで店員の言葉に食らいつく。

ちなみに、必要な生産セットをすべて揃えてもらうことにした結果、合計で五十万Eまで値引きしてもらえた。これで使用する金額は、四百万Eちょうどになった。

「……はい、確かにクラン口座より、代金をいただきました。それではこれより各種工事を行わせていただきます」

「え？　すぐに使えるようになるんじゃないの？」

「もとある建物をそのままご利用いただくなら別ですが、今回は既存の建物の撤去から新しい建物の建築まで必要ですからね。だいたいこれほどのお時間がかかります」

店員から提示された完成予定日は、それなりの期間を要するものだった。

ちなみに、完成予定日はゲーム内時間での日付と現実時間での日付、両方が書かれていた。

βテストのときは建て替えや改修を行っても、すぐに使えるようになっていたから、ここも正式版からの変更点かな。

「うーん、これは結構かかるわね。工期って短縮できないの？」

「こればかりは、私どもでもどうにも。申しわけありませんが……」

「……それなら仕方がないわね。これで手を打ちましょう」

申しわけなさそうに返事をする店員に、柚月もこれ以上は言えないらしく、承諾する。

「申しわけありません。よろしくお願いいたします。また、増改築や設備を増やすようなことがおありでしたら、お越しくださいませ」

クランホームに関してすべての用件がすんだので、俺たちはホーム屋をあとにする。

そういえば、気になることがひとつあったな。

「なあ、柚月。購入する施設の一覧に、ホームポータルがなかったが大丈夫か？」

ホームポータルは、転移門などと同じように扱える移動用のオブジェクトだ。これがクランホームにあると、なにかと便利なのだ。その便利さを柚月も理解しているはずだが、今回の購入リストには含まれていなかった。

「ああ、あれね。結構いいお値段だったから今回は見送ったのよ。さすがに値引きはしてくれないみたいだったし」

どうやらホームポータルの値段を見て諦めたようだ。本当は購入したかったようで、少し残念そうである。

「そうか、あると便利なんだがな」

「まあ、便利系の施設は完成してから皆で考えましょう。それじゃ、私は皆にクランホームが決まったってメール出すから」

「わかった。頼んだよ、柚月」

全員への連絡は柚月に任せたほうが問題ない。こうして、クランホームの購入という一大イベントは幕を閉じた。

クランホームが使えるようになるのは春休み明けだが、まあ仕方がないだろう。

新生『ライブラリ』のクランホームがどうなるか。それがいまから楽しみで仕方がなかった。

## 【攻略するぞ】UW攻略掲示板Part13【そうしよう】

---

1. 名無しの異邦人
UW の攻略スレです
みなさん攻略について自由に書き込んでください
ただし、節度は守りましょう
運営が常に掲示板を監視しています
場合によってはスレごと消されるので注意！！
次スレは >>950 が建てること

・
・
・

268. 名無しの異邦人
最近はプレイヤーメイドの高品質品がたまに市場に出回るから攻略がはかどるわ

269. 名無しの異邦人
>>268
ホントそれな
でもいったい誰が作ってるんだろうな
銘が入ってないからわからん

270. 名無しの異邦人
>>269
銘ってなんぞ？

271. 名無しの異邦人
>>270
アイテム作製者がわかるように作ったアイテムに自動的にプレイヤー名が入るシステム
普通★４や★５の品質なら自分の名を売るために銘を入れるだろうにな

272. 名無しの異邦人
ほんとほんと
おかげで個人的に接触できなくて困るｗ

273. 名無しの異邦人
>>271
解説あり
>>272
そういうのがわずらわしいから入れてないんじゃないですかねｗｗｗ

274. 名無しの異邦人
わずらわしいっていうのはあり得るな
フレの職人が★３に銘を入れて出しただけでも勧誘メールがしつこいって言ってた

275. 名無しの異邦人
>>274
★３でもなのかよｗ
じゃあ★４とか★５になったらもっとだろうな

276. 名無しの異邦人
このゲーム★３までならそれなりに作れるけど★４以上となると

とたんに難しくなるからな
★４以上を普通に作れるような職人はたいがいどっかのクランのお抱え

277. 名無しの異邦人
>>276
あれ？　でも普通に市場に★４以上のもの出品されてるよね
どゆこと？

278. 名無しの異邦人
>>277
考えられることは２つ
１つ目はどこかのクランが金稼ぎのために放出してる
２つ目は名前を知られていない新たな職人が誕生してる
俺的には１つ目が怪しいと思われ

279. 名無しの異邦人
>>278
サンクス
俺的には２つ目であってほしいな
そうすれば俺のクラン（予定）に誘えるのにｗ

280. 名無しの異邦人
>>279
まだ予定なのに囲おうとしてどうするんですかねｗｗｗ
まあ俺も２つ目であってほしい
そしてフレ登録してほしい

281. 名無しの異邦人
優秀な職人とのコネは誰でもほしい罠……ってファッ！

282. 名無しの異邦人
ファッ！！

283. 名無しの異邦人
ファッ！！

284. 名無しの異邦人
>>281－283
おまいらどうした

285. 名無しの異邦人
>>284
いまワールドアナウンスがあった
拳銃の流通が再開されます
だと

286. 名無しの異邦人
拳銃？
ガンナーの武器かそれがどかしたん？

287. 名無しの異邦人
>>286
いままでどこの武器屋にも露店にも市場にさえ拳銃は売ってなかった
察するになにか理由があって流通が止まってたんだろうな
それを誰かがクリアして販売されるようになると

288. 名無しのガンナー
やっと俺たちの時代が到来！

これでかつる！！

289．名無しの異邦人
その後>>288の姿を見た者は誰もいない

290．名無しのガンナー
>>289
やめてくだしあ死んでしまいまう
いやどこの誰か知らないけどGJ！！

291．名無しの異邦人
>>290
お前ら武器が弱いせいで攻略組からハブられてたものな
これでガンナーたちが再び前線にもどってくる……のか？

292．名無しのガンナー
>>291
俺は前線復帰してみせる！！
防具しか更新する必要なかったから金は余ってるんだよ……
俺の周りにいたほかのガンナーたちは別職に転職した連中が多いがな……

292．名無しの異邦人
>>291
それ前線組のガンナーあるあるだよな
まあ復帰目指してがんばれ

293．名無しのガンナー
>>292
おう復帰してみせるぜ！！

・
・
・

863. 名無しの異邦人
じゃあ最前線組はアイアン装備に替えて【第３の街】開放に向けて攻略中か

864. 名無しの異邦人
ああそう聞いた
【第３の街】を開放して鉱山Ｄにいけるようになれば鉄鉱石の入手が簡単になって攻略が楽になるからって

865. 名無しのガンナー
288だが
お前らこれを見てくれ
（画像）

866. 名無しの異邦人
>>865
おうおかえり
ってなんっじゃこりゃｗ

867. 名無しの異邦人
>>865
拳銃の流通再開はいいけどいきなり強すぎませんかねｗｗｗ
っていうか★４ってことはプレイヤーメイド？

868. 名無しのガンナー

>>867
市場で買ったからおそらくプレイヤーメイド
ちょっとお高めだったけど強いから即買いしたｗ
このプレイヤーはどこでレシピを手に入れたんですかね？
フレの鍛冶師に聞いたけど拳銃のレシピなんて聞いたことないって言われたｗ

869. 名無しの異邦人
レシピも出回ってないのにいきなり高品質品か
それも気になるが武器名の最後の（ウルフ）ってなんぞ？

870. 名無しのガンナー
>>869
俺もわからん
とりあえず強力な武器も手に入ったしちょっと狩りにいってくるわ

871. 名無しの異邦人
>>870
いってらー
ついでに使い心地のレポートもヨロ

・
・
・

# 第三章　進学と不穏な空気

「おはよう、悠くん」

「おっす」

家を出たところで、待っていてくれた海藤姉弟と合流する。

ふたりの服装は、真新しい高校の制服だ。もちろん、俺も同じ服を着ているのだけど。

「おはよう、雪音、陸斗」

高校生になっての初日、つまり入学式というやつだ。昨日まで〈Ｕｎｌｉｍｉｔｅｄ　Ｗｏｒｌｄ〉漬けの毎日であったが、今日からはしっかりと登校しなければならない。

というのに、陸斗の顔はとても眠そうだ。

「陸斗、お前さん、昨日何時に寝たよ？」

「ん～……二時ぐらい？」

ダメだこいつ、日付変わるまで遊んでやがった。

完全没入型ＶＲゲームは、基本的に連続ログイン時間制限がある。〈Ｕｎｌｉｍｉｔｅｄ　Ｗｏｒｌｄ〉の場合、現実時間で六時間だ。

だが、逆を言ってしまえば、六時間は連続で遊べるということになる。おそらく、夕飯を食べて寝る支度をしてから、連続ログイン時間制限いっぱいまで遊んでいたのだろう。

「まったく。今日から学校なんだから、早く寝なさいって言っておいたのに。ちなみに、遥華ちゃんは大丈夫だったの？」

「遥華は、春休み中も毎朝七時には起こしていたからな。生活リズムは乱れてないよ」

まあ、俺がいなければ、遥華も陸斗と同じ感じになっていた気もするが。

「こういうときは、遥華ちゃんが羨ましいぜ。ちゃんと健康管理してくれる、兄がいるんだからな」

「陸、私はあなたの健康管理なんてできないし、するつもりもないよ？」

陸斗は相変わらずダメ人間のようだ。しっかり真面目に取り組めば、できるタイプだと思うのだがなあ……。

「そんなことよりさ、ふたりは〈Ｕｎｌｉｍｉｔｅｄ Ｗｏｒｌｄ〉でなにやって過ごしてるんだ？【第二の街】に着いて以降、とくに目立った話を聞かないんだけど」

「目立つ話もなにもないな。ほぼ毎日、ひたすら生産活動だよ」

「悠くんと同じく生産ばっかりしてるね」

陸斗は『えー……』って顔をしている。生産活動だけでも十分に楽しいんだけどなぁ。

「じゃあ、お金はどうやって稼いでるんだ？　たまには、街の外でモンスター退治でもしないと貯まらないだろう？」

確かに。この手のゲームでお金を稼ぐなら、モンスターを倒して素材回収なりクエスト達成なりで金銭を受け取る必要がある。

でも、俺たちのような生産者にとっては別の方法も取れるんだよな。

「お金は、市場で売買してれば勝手に増えていくよ。ちゃんと値段を間違わなければな」

「うんうん、市場で素材を買って、加工品を売ればお金はどんどん増えていくよね」

素材の買取と作製品の販売だけで、十分なお金を稼いでいる俺と雪音にとって、お金を稼ぐとはその程度のことだった。

なので、雪音は陸斗の言葉に不思議そうな顔をしている。

「うわー、完全に生産廃人思考だ、これ」

廃人と呼ばれるほどのめり込んではいないぞ。

……毎日、昼夜しっかりとログインして活動していたけど。

「そういう陸斗は、最近どうなんだよ。結局、固定パーティは組めたのか？」

ゲーム内で最後に陸斗と会ったのは、開始二日目に柚月たちを【第二の街】へ連れて行ってもらったときだ。そんなに気にしてはいないが、陸斗がどのような行動をしているかは気になる。

「あー、そっちはなんとかなったよ。いまは順調にレベルを上げて王都を目指そうかってとこ」

「ふーん。確か、いまの最前線は、第六エリアと第七エリアあたりだったな。それなりに差を広げられたんじゃないか？」

陸斗もβテストでは最上位勢のひとりだった。俺や遥華と組んでいたあの時とは状況が違うとはいえ、少々出遅れているらしい。少し拗《す》ねたように陸斗が反論してくる。

「うるせー。本当の意味での廃人プレイヤーについて行けるわけないだろ。俺のパーティは、全員学生か社会人だよ」

ふむ、リアルの話ができる程度には仲よくやっているってところか。固定パーティでギスギスしはじめたらたいへんだからな。

「っていうか、生産引きこもりなのにずいぶん詳しいな、悠」

まあ、確かに引きこもりがちではあるが。俺の場合、別口の情報源がいるからな。

「教授がいろいろ教えてくれるからな。こっちはアイテムを、あっちは情報をって感じでやりとりしてるんだよ」

「ああ、やっぱり続いてたんだな『インデックス』と『ライブラリ』の連携」

「勿論。お互いに有益だからな。連携を断る理由はないさ」

『インデックス』は『ライブラリ《おれたち》』からのアイテム提供があるため攻略しやすく、『ライブラリ《おれたち》』は『インデックス』からの情報をもとに、生産品の値段や仕入れるアイテムの相場を見極めている。ようは持ちつ持たれつな関係だな。教授たちとはこれからもいい関係を続けていきたいものだ。

「あーあ、でも、これから昼間は学校だからな。〈Ｕｎｌｉｍｉｔｅｄ Ｗｏｒｌｄ《ゲーム》〉できないと思うとつらいぜ」

「……明日は土曜日で、学校は休みだろうに。平日まで、昼間からゲームしようと思うな、ゲーム馬鹿」

そのゲームに向ける情熱の一割でも勉強に向けることができれば、赤点を取らずにすむだろうに。

本当に残念な子なんだよなぁ、陸斗って。

「そういえば、結局『ライブラリ』のクランホームってどうなってるんだ？」

「【第二の街】に作ってるよ。【第二の街】の北大通りに面した商店を改築してるとこ。完成は明後日の夜ってとところだな」

春休み中に作り始めたクランホームも完成間近だ。完成すれば、販売や買取などいろいろと便利な機能が開放されるから、いまから楽しみである。

「ふーん、じゃあできたら遊びに行くわ。そのときに、パーティメンバーも紹介するぜ」

「はいはい。まあ、落成式みたいなのをやるつもりもないし、適当に遊びに来てくれ」

「ちなみに、おみやげはなにがいい？　やっぱり、食べ物とか持っていったほうがいいか？」

陸斗は完成祝いを持ってきてくれるみたいだけど……一般的なものは足りている、あるいは、自分たちで作った方が出来がいいんだよな。

「食べ物は雪音が作ってくれるからなぁ……どうせなら、珍しい素材のほうがありがたい」

「ホント生産廃人だな、お前……まあ、適当なボス狩って、レアドロしたら持ってくわ」

「あ、レアドロップだけじゃなくても大丈夫だよ。お姉ちゃん的には、ボスのお肉とかでも大歓迎だから」

雪音も、ちゃっかりとお土産のリクエストをしていたりする。

「……雪姉まで生産廃人思考に……そっちもなにかよさげなのを見繕って持っていくよ」

ゲームのことをしゃべりながら、俺たちは新しい学舎《まなびや》である高校まで歩いて行くのだった。

……中学校の隣だから、あまり変わらないんだけど。

---

『……以上をもちまして入学式を終わります。新入生の皆さんはそれぞれの教室に移動してください』

入学式も恙《つつが》なく終了し、俺たちは教室に戻ってきた。俺と雪音は今年も同じクラスだ。いままでもずっと同じクラスであったため、雪音もいつも通り上機嫌だ。ずっと同じクラスだったのには、勿論裏がある。俺と雪音、それぞれの両親から学校側にある事情を説明されているためだ。学校側でも、避けられるトラブルは避けたいようで、基本的にこちらのお願いを聞いてもらっている。

でも、それを雪音が知る必要はないのだ。

「今年も同じクラスでよかったね、悠くん」

「ああ、そうだな。……そろそろ先生が来るみたいだから、席に戻れよ、雪音」

「はーい。またあとでね、悠くん」

廊下にいた生徒たちが教室に入ってきたのを見て、雪音にも席に戻るように促す。雪音が離れていくと、ほぼ同時に担任となる教師が教壇に立った。クセの少なそうな、よく言えばおとなしそうな、まだ若い女性教師だ。

担任の簡単な挨拶のあと、クラスメイトの自己紹介が始まった。

俺は可能な限り注意して、自己紹介の様子を窺う。大半は中学校からの進学組だが、中には別の中学から入学してきた生徒もいる。割合で言うと同じ中学からが七、別の中学からが三といったところか。

……なにか問題が起きたときに、対処するのは俺の役割だ。

なので、なるべくクラスメイトたちの情報を集めておく。自己紹介の中で目立つのは、『〈Unlimited World〉やってます』『〈Unlimited World〉はじめる予定です』っていう内容だ。

そういう情報を漏らすのはよくないと思うのだが。というか、〈Unlimited World〉の参加率高いな。

初期ロットは公称五万本だったはずだから、本当に〈Unlimited World〉をやっているクラスメイトがどれだけいるかはわからない。だけど、人気のあるゲームなんだなとはあらためて思う。

自己紹介が続いている中、雪音の番がまわってきた。

「海藤雪音と言います。このあと、自己紹介する予定の都築悠くんの恋人です。ほかの男子には興味も関心もありませんので、ご容赦ください。それでは一年間よろしくお願いします」

……うん、自己紹介もいつも通り爆弾発言だ。

同じ中学から一緒に進学してきたクラスメイトにとっては、おなじみの発言である。それに対して、別の中学から進学してきたであろう、見覚えのないクラスメイトにはかなり衝撃が大きかったようだ。

……やっぱり顔見知りかどうかを調べるには、この発言が一番だな。

そして、知っている者にとっては普段通り、知らない者にとっては異常な空気の中、自己紹介は淡々と進み、今度は俺の番になった。

「都築悠です。先ほど雪音からも言われましたが、雪音の恋人です。おそらくいろいろ迷惑をかけることになると思いますが、これから一年間よろしくお願いします」

と、まずは無難な内容を話す。そして、そのあと、

「あと、雪音にちょっかいを出す輩《やから》がいた場合、誰であっても物理的にも精神的にも叩きつぶす所存ですのでご覚悟をよろしくお願いします」

この発言に対する反応も、知っているか知らないかで真っ二つだな。同じ中学だったらいつものことだし、違う中学だったら異常だものな。あ、担任教師も少し引いている。

まあ、最初のイメージは大事だし、『要注意人物』と認識してもらえれば、今回は十分だろう。

そういうわけで、多少の波乱を含んだ自己紹介も終わり、今後の予定を担任から説明されて、今日は解散となった。……ああ、陸斗じゃないけど〈Ｕｎｌｉｍｉｔｅｄ　Ｗｏｒｌｄ〉のほうが居心地がいいなぁ。

「へー、園田《そのだ》くんって〈Ｕｎｌｉｍｉｔｅｄ　Ｗｏｒｌｄ〉のβテスターだったんだ！」

「おうよ、さすがにランカーにはなれなかったけど、それでも結構活躍したんだぜ！」

「なんかよくわからないけどすごそうねー。ねえ、私も次のロットで参加できる予定だから、いろいろ教えてよ」

「いいぜ！　なんだったら同じクランに所属するか？　クラマスにも話、通しておくからさ、一緒にやろうぜ」

「うーん、クランはパスかな。やっぱりクランは、自分の性格に合ったところを選びたいし」

「そっか、残念だな……〈Ｕｎｌｉｍｉｔｅｄ　Ｗｏｒｌｄ〉はじめたら連絡先教えてよ！　それでもし気に入ったら参加してくれればいいからさ！」

「はいはい、わかったから。向こうの世界で会えたら連絡先を交換しましょ」

放課後の教室では、残っておしゃべりをしているクラスメイトもいた。その内、何人かは〈Ｕｎｌｉｍｉｔｅｄ　Ｗｏｒｌｄ〉の話をしているようだ。

まあ、園田くんとやらが一方的に俺スゲー発言して、〈Ｕｎｌｉｍｉｔｅｄ　Ｗｏｒｌｄ〉に関心のある女子を引き込もうとしているだけなのだから、周りも冷たい目線を向けているだけで、誰も助けようとはしていない。

そんな中、俺と雪音がどうしていたかというと、〈Ｕｎｌｉｍｉｔｅｄ　Ｗｏｒｌｄ〉公式ページで新しく公開されたＰＶ《プロモーションビデオ》を鑑賞している。俺が登場するシーンもわずかだがあって、キラーマンティスをフレイムランスで叩き落としている姿が映っていた。

うーん、俺のシーンを使うなら、錬金術を使っている場面を使って欲しかったんだが。

あれはあれで、ファンタジーって感じでかっこいいと思うのだけど。

「うーん、この動画作った人はわかってないね。悠くんが一番輝いてるのは生産作業を行っているときなのに……」

どうやら、雪音も似たような意見らしい。

しかし、このセリフを、面白くない相手に聞かれてしまったようだ。

「おや、海藤さんも〈Ｕｎｌｉｍｉｔｅｄ　Ｗｏｒｌｄ〉やってるの。奇遇だね」

そう、園田に聞かれてしまったのだ。すでにＰＶについては画面から消してある。

「……ええ、私も〈Ｕｎｌｉｍｉｔｅｄ　Ｗｏｒｌｄ〉をやっています。だからなんですか？」

「それなら、今度一緒に狩りに行かない？　これでも俺、『漆黒の獣』ってクランのメンバーで装備もそこそこそろってるんだぜ」

「別に、あなたと一緒に狩りに行かなければいけない理由もないですよね？　それに『漆黒の獣』って、最近噂の悪徳ギルドですよね。親切を装って接近して相手が油断したところを嵌《は》めて、しつこい勧誘をしたりとか、最近では生産系クランを脅していると聞きましたが……本当のところはどうなんです？」

相変わらず、邪魔な存在には容赦しないな、雪音は。

しかし、『漆黒の獣』に関する情報は正確なものだ。なぜなら、情報源《ソース》は教授なのだから。あの人がこんな話を聞いて黙っていることはない。おそらく『インデックス』の実行部隊（という名の戦闘グループ）が情報の調査を行い、被害者の情報が集まったところで、数日中にはＧＭ《うんえい》に報告するのであろう。

そうなれば『漆黒の獣』のメンバーは全員運営のブラックリストに載るだろうし、よほど酷い行いをしたプレイヤーには、数日から数週間のログイン禁止、またはアカBAN《アカウント削除》の対象となるだろう。

ここの運営は、プレイヤーに対するハラスメントや誹謗《ひぼう》中傷などには、迅速かつ苛烈に対応することで有名なのだ。

はたして、この園田とやらは、どの程度の処罰を受けることとなるのか……。

そんな風に思いながら、園田某の顔を眺めてみると、怒りか羞恥かで顔色が真っ赤になっていた。

「うっせーな！　そんなことはどうでもいいんだよ！　俺と一緒に来るのか来ないのか、どっちなんだよ！」

「いままでの話を聞いてれば、そんなの答えなくてもわかりますよね。あなたとなんて絶対に組みませんよ」

「ちっ、じゃあもういいよ！　それじゃあな！」

（うーん、これは報告案件かな……）

そのようなことを考えていると、雪音がクラスの女子に囲まれていた。

「相変わらず強いわね、雪音。それで、〈Unlimited World〉ってどれぐらいまで進んでるの」

「〈Unlimited World〉やってるなんて羨ましいなー、ねえどうやって手に入れたの？　やっぱり楽しい？」

「ねぇねぇ、わたしも〈Unlimited World〉やってるんだけど、今度どこかに遊びに行かない？」

一気に質問を投げかける女子たち。雪音も困り顔ではあるが、それぞれに対して、ちゃんと受け答えしている。さっきの園田某のような下心丸出しな輩だったり、悪意を持って接触してくる人間以外に対しては、雪音もそこまで冷たい対応を取ることはない。

むしろ、話し疲れていない限り、人当たりはいいほうだ。

「いやー、入学初日から絡まれてたな、悠」

俺の後ろから声をかけてくるのは、陸斗。

「それで？」

「ああ、ばっちりだ」

「そっか、じゃあ、ちょっと先生のところに行ってくる。あとは任せた」

「おっけ。俺らは、あっちが落ち着いたら、玄関あたりで待ってるわ」

そう告げて、俺たちはお互いの携帯端末を交換し、分かれて行動するのだった。


雪音と陸斗と別行動になった俺は、先生——といっても、担任ではなく学年主任——のもとを訪れていた。

「はあ。入学初日から面倒ごとを持ってくるのか、お前たちは」

学年主任は心底困ったような顔をしている。

「そんなこと言われても、今回の件は、あちらが勝手に近づいてきた結果ですからね。俺に言われても困ります」

「それはそうなんだろうがなぁ……」

「それにこんな・・・・ことが起こるのも、最初のうちだけですよ。ある程度経てば、この程度のことは起こらないですし、もっと程度が進んだことになれば、こちらにも考えがありますし」

実際、問題が起こるのは最初の間くらいで、しばらく経てばなにも起こらなくなる。……というか、周りが慣れてなにも起きなくなる。

俺の説明に、学年主任は疲れた様子で話を続けた。

「そこは、問題なんて起こらない、と言ってほしいところなんだがなぁ……」

「子供の考えなんてわからないものですよ」

「同い年の高校生に、『子供』呼ばわりされたくないだろうな、ほかの連中も……」

俺が学年主任のもとを訪れている理由は、言うまでもないが、先ほどの雪音と園田某とのトラブル処理についてだ。この手の問題はなにかあれば、すぐに学年主任に話すことになっている。

それに今回は陸斗がばっ・・ちり録画していた、口論の内容について、一部始終が記録されているんだから話は早い。

「それで今回の件については？」

「俺たちの間で要注意ってだけで、本人への注意はなし、ってところだな」

「ええ、そのあたりが落としどころですかね」

要するに、要注意対象にはするがお咎《とが》めはなしってことだ。

「お前たちも、この程度のことでいちいち大事にしていたらキリがないだろう」

「そうですね。それに今回は、雪音の態度が冷たかったことも原因のひとつでしょうし」

「それがわかっているなら、事前に対処しろよ……」

「俺が注意しても雪音は変わりませんよ。それに、あのタイプは雪音が一番嫌う相手ですし」

俺が肩をすくめながら答えると、さらにげんなりした様子で返してくる。

「あー、とにかくわかった。報告は上げておくから、今日は帰ってもいいぞ」

「はい、それでは失礼します」

これで、今回の件は終わりだろう。このあとも園田某が因縁をつけてくるなら、それはそれで対処すればいいだけだし。

さて、雪音と陸斗を待たせているだろうし、早く玄関に向かおう。


---

ふたりと合流し、家に帰って昼食を食べてゲームにログイン。昼食はひとりだったので簡単にすませた。今日は高校が半日授業だったため、ゲーム内時間でもまだ日は高い。

まずはガンナーギルドで日課の拳銃製造をやって、ゼノンさんのところに行って修行かな。ようやく、生産スキルが上位進化できる目前まで、スキルレベルが上がった。可能なら、明日明後日の土日でスキル進化まで育ててしまいたい。


---

「はーい、それじゃ今日の拳銃製造分の報酬ね。それから今日のクエスト結果でトワ君はギルドランク8に上がりましたー」

「まあ、ギルドランクが上がってくれるのはうれしいですけどね。こんな簡単に、ぽんぽん上げていいんですか?」

「いいのよ。拳銃製造って、ギルドに対する貢献度がとっても高いお仕事なんだから」

ガンナーギルドで拳銃製造《いつものお仕事》をこなしたところ、ギルドランクがまたひとつ上昇した。

拳銃製造はいちおう、生産系の納品クエスト扱いになるらしく経験値や報酬は少ないが、ギルド貢献度、つまりギルドランクの上昇率はかなり高めなようだ。

ちなみに、生産ギルドのギルドランクはすでに10を超えている。特典は、市場利用の手数料割引だった。地味だけど非常にうれしい。

「それにキミは理解していないだろうけど、銃の製造方法ってそれなりに大事な情報なのよ。ガンナーギルドにとって。それを任せられる錬金術士っていうのは、キミが考えているほど多くはないのよ」

「へぇ、ちなみにこのクエストを受けられる錬金術士の条件って？」

「ガンナーギルドのギルドランクが５以上か、錬金術士ギルドの紹介状を持ってくることね」

聞《う》いてみると、錬金術士ギルドが紹介状を書いてくれるというのも、そこそこに難易度が高いことらしい。少なくとも、錬金術士ギルドのギルドランクが５は必要だという。

それなら、この依頼を俺以外に受けられる人がいないのも納得だ。

「ちなみに、俺がこの依頼を受けるのをやめたら、また拳銃の流通が止まったりしますか？」

「うーん、長期的に見ればその可能性もあるけど、しばらくは大丈夫よ。それに錬金術士ギルドにも、信頼できる人を紹介してくれって依頼してるから、もう拳銃の流通が止まるまでの事態は起こらないわよ」

ふむ、システム的に一度ワールドクエストをクリアすれば、もう大丈夫ってことかな。

「ああ、それから、ギルドランク10になったら、また新しい銃の作製ができるようになるから期待していてね。その前に、昇段試験があるけど」

「昇段試験、ですか」

「そう。ガンナーギルドは、いちおう戦闘系のギルドだからね。戦闘力も問われるのよ。詳しい内容は、昇段試験を受けられるようになったら教えてあげるわ」

「了解しました。それじゃあ、また」

ガンナーギルドをあとにした俺は、そのままゼノンさんのところに行って、調合と錬金の修行に励み、調薬スキルが1レベル上がったのだった。

修行が一通り終わって、そのあとは市場のチェック。自分が適正価格外だと思って売りに出したポーション以外が売り切れていることを確認したら、同じく市場からポーションの素材になるアイテム類を購入。

市場で買えるアイテムを買い終えたら、足りない分を街の外まで採取しに行く。【隠密】を発動させて、モンスターに見つからないように採取を終えたら、生産ギルドに行き、生産スペースで商品を作製。これがここ最近、というか【第二の街】に移動してからの行動サイクルとなっている。

ゲーム内の毎日で違いがあることと言えば、ユキが一緒に行動するかどうかぐらいだ。ユキも最近は修行のほうが忙しいらしく、ゲーム内で会えない日もある。……ゲーム内で会っても、お互いにそれぞれの生産作業をしながら会話をする程度なのだが。

ちなみに、今日はユキがいない日だった。

「うーん。いまある生産設備じゃ、やっぱり品質★5が限界か……」

目下の悩みは、生産設備の限界による品質の頭打ちである。いまは生産ギルドの貸しスペースで生産しているが、ここにある設備の品質は初級生産セットと同じ。

はっきりと言ってしまえば、使用している道具の品質が禍《わざわい》して生産品の品質が頭打ちになっているのだ。

「でも、いまから携帯中級生産セットを買うのもなぁ……」

生産道具セットは、中級以上になると設置に場所を取られるようになってしまう。

わかりやすく言えば、拠点《ホーム》を持っていないと設置できないのだ。

対して、効果は劣るが初級以下と同じように携帯できる、『携帯中級生産セット』というアイテムも存在してはいる。

ただし、その性能は通常の中級生産セットに比べれば劣ってしまう。クランホーム完成間近のいまだからこそ、わざわざ携帯中級生産セットを買う魅力がないのだ。

クランホームとそれぞれの中級生産セットは、クラン資金から出して一括購入した。

しかし、個人で使用する携帯セットの場合、クラン資金から出すわけにはいかないだろう。魔道具扱いになる中級生産セットは、それなりのお値段になるのだ。資金は十分にあるが、数日で取り戻せるような金額でもない。

いい加減、自分の装備も更新しないといけないとなると、そこまで余裕があるわけでもないのだ。

「……下手《へた》の考え休むに似たりか、ちょっと相談してみるか」

答えが出そうにない問題は、誰かに相談してみようと思う。なので、こういうときに頼りになりそうな柚月にフレチャをつなぐ。

『もしもし、柚月、俺だけど』

『もしもし、トワ、なにか用？　っていうか、どうせあなたも携帯中級生産セットを買おうかどうかで悩んでるんでしょ？』

『いや、その通りだけどなんでわかった？　というか、『あなたも』ってことはほかの皆もか？』

『ええ、ユキ以外は皆同じ相談をしてきたわよ。あなたが最後だったけど』

『そうか……それなら皆で集まって話し合ったほうがいいか』

『ま、結論なんてもう出てるようなものだけどね。リアル時間で今夜あたりに集まりましょう。ほかのメンバーには私から連絡しとくわ』

『了解、それじゃあ頼む』

どうやら皆、考えることは一緒だったようだ。これはおとなしく集まって、クラン資金から購入することにしたほうが早いか。


---

「ねえ、トワくん。急に皆で集まってなにかあったの?」

同日午後九時ごろ、生産ギルドの談話室に集まった『ライブラリ』のメンバーを見て、唯一事情を知らないらしいユキが俺に事情を聞いてくる。

「ああ、中級生産セットのことで話し合おうと思ってな」

「うん? クランホームに中級生産セットを設置するってことで、決まってたよね?」

「ユキ、今回の議題はホームに設置する生産セットじゃなくて、携帯できる中級生産セットのことなのよ」

「え? 携帯できる中級生産セットってあるんですか?」

「ああ、知らなかったのね。それじゃ、説明してあげる、携帯中級生産セットっていうのはね

「……」

柚月が携帯中級生産セットの説明をはじめたので、俺はドワンとイリスの様子をうかがう。見れば、ふたりとも苦笑を浮かべて見守っていた。

「……っていうわけで、いまさら買うには高くてコスパが悪いってことなのよ」

「なるほど。そういうわけだったんですね」

柚月の説明を受けてユキも納得したみたいだ。

「ユキも議題を理解してくれたところで、本題だけど、もうクラン資金で全員分の携帯中級生産セットを買ってしまっていいと思うのよ」

柚月が今日の議題を切り出し、いきなり結論を告げる。それに対して、とくに異論は出ないが、念のためといった様子で、ドワンが発言をした。

「いちおう、根拠を聞いておこうかの」

「はっきり言ってしまえば、私たちのクランってお金が貯まりすぎているのよね。この間のクランホーム購入で大分資金が目減りしたけど、それでも、また貯まって三百万E以上の余剰資金があるわ。それなら、ひとりだと買おうかどうか悩む携帯中級生産セットを、全員分買ってしまったほうがなにかと便利よね。出先で作業する機会も、この先は出てくるだろうし」

うん、ぶっちゃけた話、俺たちのクラン『ライブラリ』は、余剰資金がかなり貯まっている。クランホームを買うと、その維持費がかかるはずだが、それを考えても十分過ぎる金額だろう。それならば、いっそ全員分を揃えてしまえ、というのが柚月の意見だ。

「そうだねー。この先、出先で装備のメンテナンスとか、消耗品の補充とかすることを考えると、中級セットがあったほうが絶対にいいよねー」

イリスも今後の活動を考えた場合、買っておいたほうがいいという結論になったようだ。

「それに、全員分をそろえたとしても二十万Eまでかからないか……それなら、買ってしまおうか」

「さんせー」

「異議なしじゃ」

「勿論、私も賛成よ」

「えっと、私もいいと思います」

というわけで、全会一致で携帯中級生産セットをそろえることになった。なお、携帯中級生産セットで一番高いのが料理用セットだとわかったとき、ユキが辞退しようとしたが、『クランで決めたことだから』と押し付けることになったのだが、まあよしとしよう。

---

クラン会議も無事終了したが、まだ寝る時間には早かった。なので、ゼノンさんのもとに修行に行くことに。

すると、

「おう、来たなトワ。悪いが大口の依頼が入ったんだ、お前も手伝ってくれ！」

〈緊急クエスト『大量の薬草を下処理せよ』が発生しました〉

本当にいきなりだな、このクエスト。作業内容はいたって単純に、普段の修行でも行っている薬膳料理用の薬草類の下処理を行うというものだった。……量が半端ないくらいに多かったが。


「これで終わったな。お疲れさん」

〈緊急クエスト『大量の薬草を下処理せよ』をクリアしました。【調合】と【錬金】にボーナス経験値が入ります〉

〈【錬金】が一定レベルに達しました。【初級錬金術】に進化可能です〉

〈【調合】が一定レベルに達しました。【初級調合術】に進化可能です〉

うわ、いきなり大量のメッセージが来た。【錬金】も【調合】も昼間に上がったばかりだから、相当にボーナス経験値がおいしかったんだろうなぁ。

俺は早速、SPを3ポイントずつ支払い、【初級錬金術】と【初級調合術】を取得した。

「しかし、これだけの量でもさばけるか。腕を上げたものだな、トワ」

「最初にここを訪れたときに比べれば、大分上達しましたね。ゼノンさんのおかげで」

「はっはっは！　お世辞も言えるようになったか！　まあ、俺のおかげと言うなら、ありがたく受け取っておこう」

お世辞のつもりじゃなかったんだけど、まあいいか。ガンナーギルドを紹介してくれたり、調合の仕事がたくさんあったりで、スキルレベルを上げるにはいい訓練になったんだけどな。

「ところで、なんとなく想像はできますけど、あの大量の薬膳素材ってどうしたんですか？」

「ん？　お前さんがそれを聞くか？」

　ああ、やっぱり想像通りなのか。

「いつも薬草を卸してる料理屋で、大量に注文が入ったそうだ。それで、店の在庫だった薬草が尽きたそうでな。素材の薬草は自力で仕入れたから下処理をしてほしい、って頼まれたわけよ」

「はあ、おそらく異邦人《どうきょう》のせいですね……」

「まあ、そうだろうな。あそこも料理屋だからな、正当な対価を支払われたら、断れなかったというだけさ」

　ＨＰやＭＰの最大値を一時的に上昇させてくれる薬膳料理は、それはもう大ヒットした。そのバフ内容に適正価格を計りかねた俺たちが、かなり高めの値段をつけたにもかかわらず、一日経たずに売り切れるほどに、爆発的に売れた。

　そもそも、市場でも料理カテゴリーに含まれる出品はそれなりにある。だが、バフ付きとなるとかなり数が絞られる。そんな中にいきなり登場した、ＨＰ上昇やＭＰ上昇バフ料理だ。売っているこちらが恐いほどに爆売れだった。

　勿論、教授にも情報を持ち《売り》込み、即刻検証され、薬膳料理を作れるようになるための条件は特定された。いまごろ、多数の料理人が調合のレベル上げをしていることだろう。そんな薬膳料理を標準品質とはいえ、住人の店で買えるのだ。お祭り騒ぎになることは、想像に難くない。

そのしわ寄せで、起きたのが今回の騒ぎだったのだろう。

「しかし、これだけできれば、まだまだひよっことはいえ、一人前の錬金術士だな」

ん、この流れは……。

「俺から指導できる内容はもうないだろう。これからは、自分の力で一流の錬金術士を目指せよ！」

〈チェインクエスト『第二の街の錬金術士』をクリアしました〉

〈称号『初級錬金術士』を入手しました　称号『見習い錬金術士』は上書きされます〉

〈称号『初級調合士』を入手しました　称号『見習い調合士』は上書きされます〉

ああ、ようやく俺も、第二段階の弟子入りクエスト完了か。結局、『ライブラリ』メンバーで、一番遅いクリアになってしまったな。

「ああ、修行の確認がしたくなったらまた来いよ。卒業ではあるが、お前さんの師匠をやめるわけではないからな」

「ええ、また来ますよ。薬草の下処理作業も、まだまだ毎日あるんでしょう?」

「おう。正直、お前さんがいてくれると助かる。というわけでまた来いよ、トワ」

「ええ、時間があったら、また来ます」

「頼んだぜ。そのとき、お前さんが中級錬金術士と呼べるぐらい腕を上げてたら、次の師匠になれそうな人を紹介してやるよ！」

〈チェインクエスト『中級錬金術士への道』を受注しました〉

お、新しいクエストか。達成条件は『上位のジョブにジョブチェンジすること』か。ジョブチェンジでクリアになるってことは、その程度までは育てなきゃいけないってことだよな。

さて、明日は午前中から用事もあることだし、早めに落ちるとするか。


---

「カウンセリング結果だが、とくに問題はないね」

土曜日の午前中、俺は病院を訪れていた。

体調が悪くなったわけではなく、定期的なカウンセリングというやつだ。

「自分で自覚しているような症状もないのだろう？　君のほうについては、定期検診だけで、十分だろう」

確かに、ここ数年は自覚症状もない。そういう意味では、大丈夫なのだろう。

「……それで、海藤さんのことなのだが……」

本来、医師が他人の症状について話すのは、問題だろう。ただ、雪音の症状に関しては俺に説明するよう、双方の両親から依頼されているために教えてくれている。

……雪音になにかあった場合、対処する可能性が一番高いのは俺なのだから。

「どうも、最近も夢でうなされて、夜中に目を覚ますことがあるようだ。それ以外は、自覚症状はないと言っているが……正直、いままでの現状維持ができているというぐらいで、よくも悪くもなっていない、といったところだね」

これも、ある意味では、予想通りの答えである。

雪音が俺に依存のような行動をとるのも、カウンセリングを受けている内容のためだ。いまは自覚症状も軽いようなので安定しているが、昔はもっとひどかった。

いや、自覚症状で悪くなっていないだけ、まだいいほうに向かっていると考えるべきか。

「それから、少々ストレスが溜まっているようだったね。それについて、心当たりはあるかい？」

あると言えばあるけど、あまり自信はない。

「おそらく、高校生になって環境が変わったことが原因でしょう。昨日も変な男子に、ちょっかいを出されていましたし」

「そうか……ちなみに、その男子はどうにかできそうなのかな？」

「はい。いちおう学校側には伝えてあります。次に妙な真似を起こせば、行動を起こすでしょう」

俺も、あまりあちらが積極的に対処するとは思っていない。でも、着実に証拠は積み重ねていく必要があるだろう。

「ふむ……そういう点では、君たちが通っている学校は、まだまともな部類だから安心できる、か」

そうなのだろうか。俺は高校に入ってからまだ一日だし、その辺の判断はできない。

「今日のカウンセリングは、これで終わりかな。それじゃあまた」

「はい。ありがとうございました」

「お大事に」

診察室を出て待合室に戻ると、そこで雪音が待っていた。

「おかえり、悠くん」

「ただいま。とくに問題はなかったか？」

「うん、先生にも伝えたけど、とくに変わったことはないよ」

「そうか、それならよかった」

俺たちは会計をすませる。そして、雪音には処方箋が出されていたので、薬局に行き、薬を処方してもらってから帰ることになった。

「先生も大げさだよね、夢見が悪くて起きているだけなのに、わざわざ薬を出すなんて」

「そう言わずに、処方された薬はちゃんと飲むんだぞ」

「はーい。悠くんも心配性なんだから……」

俺たちは病院をあとにして、ファミレスに寄って昼食をとることにした。

「それで、悠くん。今日の夜の準備は大丈夫？」

「ああ、準備はとっくにできてるから安心してくれ」

今日の夜は〈Ｕｎｌｉｍｔｅｄ　Ｗｏｒｌｄ〉でちょっとしたイベントがある。【第三の街】に、『ライブラリ』のクランメンバー全員で移動するのだ。

本当は一週間前には移動する予定だったのだが、護衛を依頼している先方の予定が変わってしまい、今週へと先送りされていた。

「柚月さんたちも、私たちの新しい装備ができたって言ってたし、楽しみだね」

「そうだな。俺たちだけじゃ、まだロックゴーレムは厳しいから、『白夜《びゃくや》』の人たちに頼らざるをえないのが厳しいところだけどな」

その後、昼食を食べ終わったあとは、雪音に付き合っていろいろなお店を見て回り、簡単なデートをすませてから家に帰ることとなった。


---

午後八時半ごろ、俺はログインして待ち合わせ場所である【第二の街】北門広場へと向かった。

そこには、俺以外の『ライブラリ』メンバーたちが、すでに全員そろっていた。

「こんばんは。ひょっとして、待たせたか？」

「いや、大丈夫じゃ。わしらも少し前についたばかりじゃからの」

「護衛依頼を出しておいて、私たちが遅刻するわけにはいかないものね」

俺たちは挨拶を交わし、今回の移動の準備をはじめる。なお、今日は街の外での活動ということで全員戦闘用装備だ。見た目が変わらないのは、生産と戦闘装備を兼用しているイリスくらいだ。

柚月とドワンはアバター装備をいまは使っていないらしく、現時点での装備に見た目が変わっている。

「まずは、俺のほうから全員の分のポーションを配るぞ。まだ在庫には余裕があるから、足りなくなったら言ってくれ」

「ありがと、私からはトワの防具ね。頼まれたとおり、ボアの革で依頼の品を作っておいたわ」

「わしからも装備を渡すぞ。まったく、いくら戦闘をしないからといって、あれから装備を一切更新していないのは、いかがなものかと思うのじゃがな」

ふたりから新しい装備を受け取り、その代金を支払う。

新しい装備はボア素材がメインとなっていて性能はだいたいこんな感じだ。

---

ボアレザーのショートコート　★6
ボアの革を利用して作られたショートコート
魔術的な処理もされているため
動きやすく防御力も向上している
装備ボーナスDEX＋8
DEF＋26　MDEF＋28　DEX＋8　AGI＋8
耐久値：180／180

---

ボアレザーのスラックス　★6

ボアの革を利用して作られたスラックス
魔術的な処理もされているため
動きやすく防御力も向上している
装備ボーナスDEX＋8
DEF＋16　MDEF＋18　DEX＋8　AGI＋8
耐久値：180／180

---

銀のサークレット　★6
銀を使用して作られたサークレット
物理防御力は低いが魔力を高める効果がある
装備ボーナスINT＋30
DEF＋8　MDEF＋20　INT＋30
耐久値：120／120

---

ボアレザーのリストガード　★6
ボアの革を利用して作られたリストガード

魔術的な処理もされているため
動きやすく防御力も向上している
装備ボーナスDEX＋12
DEF＋16　MDEF＋18　DEX＋12　AGI＋8
耐久値：180／180

---

ボアレザーのグリーブ　★6
ボアの革を利用して作られたグリーブ
魔術的な処理もされているため
動きやすく防御力も向上している
また鉄板が仕込まれているため
格闘用にも使える
装備ボーナスDEX＋8
ATK＋14　DEF＋22　MDEF＋24　DEX＋8　AGI＋6
耐久値：180／180

---

今回の装備も、あくまで繋ぎの装備のため、あまり性能にはこだわっていない。

とりあえず、ソロでボアよりも一段階上のモンスターである熊狩りをするときに楽になればいいや、程度である。なお、好戦的動物系モンスターではウルフ、ボア、熊の順で強くなっていく。

「うん、仕上がりもバッチリだな。ありがとう、ふたりとも」

「いいえ。それにその装備だって、繋ぎなんでしょう。知ってるわよ、本気装備用の素材をちまちま買い集めてるの」

俺がいずれ作る予定の本気装備用素材を集めていることは、柚月はお見通しだったらしい。

ここは、大人しく装備発注の予約をしておこう。

「ばれてたか。そのときはデザインも込みで、装備作製をお願いするよ」

「あー……なにを作りたいか、だいたいわかったわ。了解、こっちもきちんと作れるように、スキルレベルを上げておくわ」

次の装備発注も、これで大丈夫そうだな。

そんなことを考えていたら、ユキも新しい装備に変更したみたいだ。

ユキの装備は、髪と同じアイスブルーの水干《すいかん》を動きやすそうにアレンジしたものに、蒼色《あおいろ》の袴《はかま》、草鞋《わらじ》と言った巫女《みこ》服に近い姿となった。そのうえから、革製の胸当てをつけている。

弓道などでつけているものをアレンジした感じ、といったところか。

「おー、ユキの装備は和装っぽい感じに仕上げたのか」

「ええ。武器も薙刀に変更したし、和服のほうが似合うかと思ってね」

ユキの衣装は柚月の作品らしい。柚月の得意分野からは離れている気もするけど、しっかりした

デザインで動きやすそうだ。ユキも満足げだし。

「うん、よく似合ってるよ、ユキ」

「ありがとう、トワくん」

見た目はただの布のようだが、おそらく、いまの俺の装備よりは上位の素材を使ったものだろう。新たにこしらえた薙刀を併《あわ》せ持てば、凛《りん》とした雰囲気がより引き出される。

「それじゃあ、ボクからは銃の部品のグリップを渡すよー。まだ、今日使う拳銃を作ってないんでしょ？」

「わしも銃身を渡すとするかの。それで、本当に鉄製でよかったのか？」

「ありがとう、ふたりとも。今日はまだ繋ぎ装備だから、そこまで強い拳銃を作る予定じゃないからね」

受け取った素材を使って、早速拳銃を作製する。

拳銃を作製するのは【錬金】スキルで合成するだけなので一瞬だ。合成用の道具を取り出し、合成する素材を決まった位置に並べる。あとは、魔力を流したら完成である。魔力を流すとき、ミニゲームのような画面が表示されるが、この手の作業は慣れたものなので、一切失敗せずにクリアできた。

そして、今回できた拳銃はこれだ。

---

アイアンハンドガン（ヒグマ）★6

鉄の銃身とヒグマの魔石からできた拳銃
一見なんの変哲もない拳銃だが
しっかりと魔力が込められており耐久性が高い
装備ボーナスＤＥＸ＋16
ＡＴＫ＋30　ＤＥＸ＋16
耐久値：１８０／１８０
装弾数：６

---

ふむ、まあ、こんなものか。

銃は、弾丸の種類でも攻撃力を上げることができる。普段売りに出している拳銃よりも攻撃力は低いが、その分ＤＥＸを上げているから、総攻撃力はそれほど変わらないだろう。

「ほう、いまのが錬金による拳銃作製であるか。私は初めて見るのである」

振り向くと教授が立っていた。今回の移動は、教授も同行することになっていたからだ。

「やあ、教授。意外と早かったな」

「うむ。同行させてもらう身分で、遅れるわけにはいかないのである」

「そういえば、教授に拳銃の作製方法って教えてたっけ？」

拳銃の作製を見せる機会はなかったと思うけど、作り方の情報は渡していたかな？

「いや、聞いていないのである。しかし、拳銃の流通が復活したのは知っているのである。それならば、誰かが拳銃の作製方法を知っていても、おかしくはないのである」

ああ、やっぱり情報を渡し忘れていた。ということは、ガンナーギルドの情報も話しそびれていたか？

「あー、それならガンナーギルドのことも知らないか……忘れてたな。教授、ガンナーギルドと拳銃の作製方法について教えるから、あとで掲示板に載せておいてくれないか？」

「いや、ガンナーギルドについては聞いているのである。情報も拡散済みである。というか、その情報をくれたのはトワ君であるぞ？　まだ、数日前の話なのに、忘れたのであるか？」

教授がメガネをいじりながら呆れたように返してくる。

ガンナーギルドの話はしたのに、拳銃の話はしていなかったか。

「あー、すまん。そういえばガンナーギルドについては話してたな。拳銃の作製方法を伝え忘れていたのか」

「そういうことのようであるな。さあ、キリキリ白状するのである」

「ああ、それなんだが……」

教授と話をしながら時間を潰していると、今回護衛を請け負ってくれたクランの人たちが歩いてくるのが見えた。

「やあ、すまない。待たせてしまったかな？」

クランの先頭で歩いてきたのは、そのクランのマスター、白狼《はくろう》さんだ。

「そんなことありませんよ。自分たちが先に来ていただけですから。今日はよろしくお願いします、白狼さん」

「ああ、よろしく頼むよ、トワ君」

大手クラン『白夜』のクランマスター白狼さんと俺は、互いに手を差し出して握手した。白狼さんは俺よりも背が大分高いので、並ぶと見上げるような形になってしまう。彼は、【白騎士《しろきし》】という二つ名の通り、白に染め上げた鎧を身につけている。かなりゴツゴツとしたイメージになりがちな全身鎧を着ているのに、そんな感じがしないのは爽やかな性格のおかげかな？

今回護衛を依頼したクラン『白夜』は、いたってまともな攻略系クランだ。最前線で戦うメンバーもいれば、新人を鍛えるメンバーもいたりと、かなり手広く活動している。

ちなみに、『ライブラリ』とは$\beta$のころからのつきあいで、お互いに攻略を手伝ったり、情報交換をしたりしていた。

だがしかし、今日のこのメンバーは……。

「白狼さん、ひとついいですか」

「なにかな、トワ君」

「どうして普段最前線で戦っている一軍メンバーが全員ここに？」

うん、白狼さんひとりだけがこっちに来ているならわかるんだ。

でも、『白夜』の実力からすれば、一軍メンバーなんて連れてこなくても、十分【第三の街】のボスなんて倒せてしまうはず。最精鋭である一軍メンバーが、全員ここにいるのは明らかにおかしい。

「ああ、それなんだけどね。実は僕たちのところの新人も、一緒に【第三の街】へ連れて行ってあげようと思ってね。勿論、迷惑だったら、断ってくれて構わないよ」

「ああ、それで一軍メンバーが勢揃いと」

「あと、彼らの顔つなぎかな。これから『ライブラリ』には、いろいろとお世話になりそうだし」

「了解です。死《デスペナ》んでもこちらの責任にならないなら、同行してもらって構いませんよ」

「ありがとう。君なら断らないだろうとは思っていたけど、やはり不安でね」

「でも、護衛料は事前に決めた額しか払いませんからね」

それだけ伝えると、「わかってるよ」と苦笑いで答えられた。

「それじゃあ、そろそろ行こうか。あまりここにとどまっていても迷惑だしね」

白狼さんの言葉に頷き、俺たちは移動を開始した。


---

「一閃突き!」

「ダブルショット!」

俺たちは移動中、新しい装備の慣らしも兼ねて何戦かさせてもらっていた。

どうやらこれだけの装備があれば、このあたりのザコモンスターは一撃で倒せるらしい。

「すげー、生産職なのにあいつらを一発かよ……」

「っていうか、俺ら、あの人たちより弱くね？」

「確かに、というか、あれだけ戦える人たちがなんで護衛なんて頼んでいるんだろう……？」

『白夜』の新人たちがざわついている。でも、俺たちが護衛をしてもらっているのは【第三の街】のエリアボスとの相性が致命的に悪いからだ。

そんなことを考えながら、襲ってきたコボルトの一団を全滅させる『ライブラリ』＋一《教授》。

「トワ、新しい拳銃は自分で使ってみて、どうじゃ？」

ドワンが武器の具合を聞いてきたので、率直な感想を返す。

「うん、攻撃力が上がって使いやすいね。耐久力の消費も想定内だし、問題ないかな」

ヒグマの魔石を使って作ったせいで、鉄の銃身じゃ耐えられないかも、と考えていたが、杞憂《きゆう》だったようだ。

「それじゃあ、移動を再開しようか。これから先は、僕たちのほうで露《つゆ》払いしてしまっても構わないかい？」

「はい、それで構いません。よろしくお願いします」

白狼さんたちがモンスターの露払いをしてくれるそうなので、了解する。

そうして俺たちは【第三の街】へと移動を再開する。

のんびりとした旅の道中、目的地への距離が残り半分といったタイミングで、それは起こった。

「――――――!!」

「――――――!!」

「……なんだ？」

「どうやら、誰かが言い争いをしているみたいだけど……どこかな？」

不意に誰かの声が聞こえてきたため、俺と白狼さんは辺りを見渡す。だが、一本道以外は林に覆われているため、肝心の言い争っている人影は見当たらない。

しかし、俺は【気配察知】の効果範囲内に、それらしき反応を捉えることができた。

「右手側の林の中、六人かな」

「……うん、声が聞こえてきたのは、右手側からで間違いないようだ。でも、人数はどうやって？」

俺が相手の場所と人数を告げると、白狼さんはどうやって知ったのかを確認してくる。

「【気配察知】のおかげですよ」

「なるほど、それでどうするつもりだい？」

今回の旅の主催者は俺だ。『白夜』は俺の判断に従うということだろう。

「ちょっと様子を見てきます。ここで待っててください」

「さすがに、トワ君ひとりで行かせるのは不用心だろう。僕も一緒に行くよ」

「ならば、私も一緒に行くのである。先ほど、少々きな臭い情報が伝わってきたのでな」

俺の発言に続き、白狼さんと教授も付いてくるらしい。

「わかった、その代わり、なにがあっても自己責任でな」

「気をつけてね、トワくん」

ユキから注意を受けたが、俺と白狼さん、教授の三人はほかのメンバーと別行動を取ることとなった。


---

周囲の状況に注意しながら進んだ結果、問題の人物たちはすぐに発見できた。

俺たち三人は木陰に隠れて様子を見ながら、状況を確認する。

「……この先に六人いるな」

「うむ。しかし、なんだ、ずいぶん馬鹿げたことをやっているものであるな」

「そうだね。これは早く対処してあげないと」

俺たちが、相手に気付かれないように接近するのは簡単だった。

なにせ、あちらは周りに注意を一切払っていなかったのだから。

「だから、アンタたちなんかとフレンドになるつもりなんてないって言っているでしょ！」

「そうつれないこと言うなよ。俺たちこれでも強いんだぜ？」

「そうそう。俺ら上位クランのメンバーなんだからさ。フレ交換して仲よくしようぜ」

「いやだって言ってるでしょう！　いいから、そこを通しなさいよ！」

「えー、そんなこと言わずにさ、俺らと遊ぼうぜ」

……要するに強引なナンパをやっているのである、こんな林の中で。

もっとも、街中でやれば誰かに通報《GMコール》されて終わりだろうが。

少女ふたりを取り囲んでいる男四人は、おそろいの装備を身につけている。寸分違《たが》わぬ作りからいって、ああいうアバター装備なんだろうな。

しかし、あの鎧って確か……。

「教授」

「うむ、私もGMコール済みである。あと、この現場も録画中である」

「そうか、ならもう止めに入っても問題ないね。すまないが、僕が行かせてもらうよ」

そう言って、白狼さんが男たちに近づく。

「それくらいで止《や》めないか、君たち！」

おお。やっぱりこういうとき、かっこいいな、白狼さん。

「ああん、なんだ、お前？」

おそろいの装備を身につけた男のひとりが白狼さんに噛みついてきた。

「通りすがりの人間だよ。君たちが、お嬢さんたちにつきまとい行為をしているのを見かねてね」

「ああ、関係ねーだろう。ぶっころすぞ」

「ぶっころすもなにも、このゲームではPKはできないよ。もう少し考えて発言したほうがいいんじゃないかな」

おお、煽《あお》る煽る。

「とにかく、おっさんには関係ねーだろ。あっち行ってろ」

「そういうわけにもいかなくてね。お嬢さん方、こいつらにつきまとわれて困っていないかい？」

周囲の男たちが声を荒らげる中、白狼さんは現在の状況について当事者たちに確認をとる。

「はい！　とても困ってます！」

「ちょっ……でも、困っているのは事実です」

男たちに囲まれている少女ふたりは、本当に辟易《へきえき》した様子で白狼さんに返事をしていた。

「そうか、なら問題ないな。……よし、これで完了と」

「……おい、おっさん、いまなにしたよ？」

「うん、わからなかったかい？　ただのＧＭコールだよ」

「あん、やんのか、おらぁ！」

本当に、この連中はなにを考えているのかわからないけど、口が悪いことだけは確かだな。

「だから、このゲームではシステム的にＰＫはできないと言っているだろう」

「うっせー！　俺たちは『漆黒の獣』だぞ！　俺らを敵に回す意味がわかってんのか⁉」

『漆黒の獣』ねぇ。そんなことはアバター装備からすでにお見通しなんだけどね。

「ああ、そんなことか。勿論、わかっているよ。というよりも、君たちも誰を敵に回そうとしているのか理解しているかい？」

「ああ？　かっこつけた変なおっさん……」

「『白夜』だ」

「あぁ？」

「僕はクラン『白夜』のクランマスター、白狼。ケンカを売るなら、いくらでも買うよ？」

『漆黒の獣』を名乗っていた四人も、『白夜』の名前が出てきたことでそうとうあせっている様子だ。

なにせ、クランの規模では『漆黒の獣』では『白夜』に遠く及ばないのだから。

「お、おい、『白夜』って、大手の攻略組じゃねぇか?」

「ざけんな、なんでそんな奴がこんなとこにいるんだよ！　デマに決まってる！」

「まあ、もうデマかどうかはどうでもいいことなんだけどね……そろそろかな」

「あ?　さっきから、なにわけわからねーこと言って……」

バカ四人組がなおも口を開こうとした瞬間、彼らの姿が消えてしまった。

「「え?」」

状況がわからずポカンとする少女ふたり。

そして、俺のところには運営からメールが届く。内容は要約して『違反者の通報ありがとうございました』だ。

要するに、俺たちが行っていたGMコールが受理されて、違反者《バカ四人》が処分されたというわけだ。

「ああ、驚くことはない……といっても、初めて見れば驚くか。GMコールが受理されて、強制ログアウトされただけさ」

「え?　ええと?」

白狼さんから声をかけられても、混乱している少女たちは状況への理解が追いついてないようだ。

「まあ、彼らはもうつきまとえない、とだけ考えてくれればいいよ」

「そうなんですか……ありがとうございます」

「ありがとうございました」

「いやいや、礼にはおよばないさ。それに、君たちに最初に気付いたのは僕じゃないしね……おーい、そろそろ出てきてもいいだろう」

白狼さんのその言葉に、木の陰に隠れていた俺と教授が姿を現す。

「えっ⁉」

「ひっ⁉」

なにもそこまで驚かなくてもいいだろう。


「……なるほど、私たちの口論の声が聞こえて様子を見に来たと」

『漆黒の獣』から少女ふたりを助け出した俺たちは、なんでここに来たか、どうして白狼さんが割り込んだかなどの状況説明を行うことにした。

「そうなるな。こんな人気《ひとけ》のない林の中から、口論が聞こえれば気になるだろう？」

「それで助けてもらえたんですものね。ありがとうございます」

「なーに、気にすることはないのである。むしろ、奴らにひと泡吹かせる、いい機会なのである」

「奴ら？」

この様子だと初心者だろうし、『漆黒の獣』についても知らないか。

奴らについても説明しないといけないので、俺から簡単な説明をさせてもらうことに。

「さっきの連中、『漆黒の獣』のことだよ。最近、あいつらがハラスメント行為の常習犯っていう情報が流れててな。ただ、明確な証拠がなかったから手をつけられなかったんだ」

「うむ。この手のことは現行犯でないと、なかなか運営も動きが取れないのである。今回は、まさにその『現行犯の証拠《動画》』を撮れたのである」

俺の説明に続いて、教授も補足をしてくれる。しかし、それに対して、少女のひとりがヒートアップした様子で話しかけてきた。

「はぁ⁉ それじゃあ、私たちのことすぐに助けてくれたんじゃないの⁉」

「勘違いしているようだが、彼らふたりは、すぐにGMコールをしていたよ。ただ、GMコールが受理されるまで、時間がかかるからね。その時間稼ぎを僕が引き受けたというわけだ」

白狼さんになだめられて、彼女もひとまず落ち着いたようだ。いまは、もうひとりと一緒に神妙な顔をしている。

「あれ、そうなの？ ええと、ごめんなさい」

「いや、気にしてないから構わないよ」

「うむ。それよりも、早いところ林を出るのである。ここにとどまっていても、なにも意味はないのである」

「そうだね。早く戻ろうか。お嬢さんたちも一緒にね」

白狼さんと教授がまとめてくれたので、俺たち三人は少女たちを連れてその場をあとにすることにした。


そうして、俺たちは林を抜け街道へと戻ってきた。

「あ、お帰りなさい、トワくん。どうだったの」

街道に着いたとき、ユキが俺に声をかけてくる。

「ただいま。結論だけ言うと、バカがこんなところで強引なナンパをしてた」

「ふーん、そうなんだ」

「ということは、後ろにいるお嬢さんたちが被害者か。たいへんじゃったのう」

俺たちの様子を見た柚月とドワンが、それぞれに声をかける。

「ああ、いえ。旅の途中、助けていただいてありがとうございます」

「ありがとうございました」

あらためて俺たちにお礼を言うふたりにドワンが質問をする。

「それで、お嬢さんたちはなぜこのような場所に来ていたのかの？　見た限り、このあたりのモンスター相手では、荷が重い装備だと思うのじゃが」

「えっと、装備を見ただけでもわかりますか？」

少女の片方が、ドワンに装備を見抜かれたことを疑問に思ったのだろう。質問を返していた。

「うむ。これでも鍛冶の生産職人じゃよ。オリジナルじゃない装備品なぞ、見ればすぐにわかる」

二人の装備はデフォルトのブロンズ装備だった。この先に進むなら、金属系装備なら鉄製の装備がないとかなり厳しい。

「やっぱり、私たちじゃこの先はきついですか？」

「装備の見た目どおりの強さしかないならな。そういう縛りプレイというなら話は別だが」

そのようなことを言って、こちらをちらりと見るドワン。

別に、俺は縛りプレイなんてしてないぞ？

「……やっぱり帰ろうよ、アイラちゃん。私たちには、まだ早かったんだよ」

「いや、でももうここまできちゃったんだし、行くだけ行ってみましょうよ、フレイ」

このまま先に進むのか、それとも戻るのかで意見が分かれるふたり。

……正直、このふたりとは早いところ別れたいのだがなぁ、ばれる前に。

「いちおう言っておくけど、こっちは六人パーティ《フルパーティ》が三つだから、君らを連れて行く余裕はないぞ」

「まだなにも言ってないでしょ！　ってあれ？」

うん？

「そっちの猫獣人の人、ひょっとして、海藤さん？」

「え？」

少女のうち、アイラと呼ばれたほうが、ユキを見て質問をしてくる。

「違いますよ」

「いやそんなことない、海藤さんでしょ。私、片桐《かたぎり》よ」

ユキは否定するが、相手は確信を持ってしまったようだ。

「はぁ、ダメか」

「うん、ダメみたい」

俺とユキは隠し通すことが無理だと理解して、ため息をついた。

「ほらやっぱり、海藤……」

「それ以上、リアルのことを同意なしに話すのは、マナー違反だと思うぞ、片桐愛莉《あいり》さん？」

そう、このふたり、俺とユキのクラスメイトである。

## 漆黒の獣被害対策掲示板Part2

1. 名無しの異邦人
このスレは悪名高きクラン【漆黒の獣】の被害情報共有および対策スレです
情報提供をお願いします
次スレは>>980が建てること
前スレ (URL)

2. 名無しの異邦人
>>1
スレ建て乙
っていうかこんなスレが2スレ目まで行くのかよ
あいつら本当に害悪でしかないな

3. 名無しの異邦人
>>1
とりま乙
>>2
仕方がない
注意しても聞かないし逆ギレしてくるお子様集団

4. 名無しの異邦人
>>1
乙
>>3
ホントそれな
近づかないのが吉なんだが勝手に近づいてくるからホントクソ

5. 名無しの異邦人
ていうか運営は動かないのかよ
ここの運営はそういうの厳しいって聞いてたけどあれデマ？

6. 名無しの異邦人
>>5
被害者からの申請が少なくて後手に回ってるって言ってた
ソースはこれ
（画像）

7. 名無しの異邦人
>>6
おま、これ運営からのガチ返信じゃねーか
さすがの運営も 24 時間監視は難しいのか

8. 名無しの異邦人
>>7
どうもそういうことらしい
だから被害者はすぐに GM コールがほしいそうだ
そうすれば即刻調査して対応してくれるってさ

9. 名無しの異邦人
>>8
つまり現行犯じゃないとすぐに対応できないってことか
それなら仕方ないか？
とにかくこの情報の拡散は必要だな

10. 名無しの異邦人
>>9

拡散はいいけど俺たちのほうが名誉毀損とかで警告食らわないか？

11. 名無しの異邦人
>>10
おそらくOKだと思う
なぜなら掲示板の書き込み内容は常にAIで監視されている
>>6がこの掲示板に書き込めたってことは運営的にこのレベルの情報拡散は問題ないってこと
もしダメだったらあとで消されるかもだが

12. 運営GM
今回の件につきましては拡散していただいて構いません
皆様からの情報提供がない限り私どもとしても対応が難しい案件です
ぜひ拡散をお願いいたします
なお、ログなどがない場合の申請は受理いたしかねますのでご了承ください

13. 名無しの異邦人
ファッ！！
まさかの運営降臨www

14. 名無しの異邦人
え、本物？
偽物だったらアカBAN案件になるけど

15. 名無しの異邦人
>>14
間違いなく本物
なぜなら名前のところはプレイヤーネームか名無しの～としかいれ

られない
だから運営 GM さんは本物の GM さんと言うことだ

16. 名無しの異邦人
>>12
見回りお疲れ様です（　－ω－）_旦
公式な許可も出たしちょっとほかの掲示板に拡散してくるわ

17. 名無しの異邦人
>>16
任せた
とくに初心者掲示板には要拡散だな

18. 名無しの異邦人
>>16
頼んだぞ
>>17
確かにあそこには必要だろうな
問題は本当の初心者は掲示板を見ていない可能性が……

19. 名無しの異邦人
>>18
それを言い出したらキリない
俺たちの間だけでも情報共有してなにか見かけたらすぐに通報できるようにするべし

・
・
・

132. 名無しの異邦人
おいいま誰か第２の街の北門付近にいないか

133. 名無しの異邦人
>>132
なにかあったのか

134. 名無しの異邦人
いま、黒い鎧の４人組に女の子ふたりが連れられて広場から北門側に連れてかれてた

135. 名無しの異邦人
>>134
通報は？

136. 名無しの異邦人
距離がありすぎて相手のこと見えなかったしなにを話してるかもきこえんかったスマン

137. 名無しの異邦人
>>136
それならしかたなし
黒い鎧ってだけじゃ通報できん
というわけで誰かいないか俺は始まりの街だ……

138. 名無しの異邦人
スマン南門側だ……

139. 名無しの異邦人
俺は東の森だ……

140. 名無しの異邦人
俺も違う場所にいる……

141. 名無しの異邦人
誰もいないか……
とりあえずあとを追いかけてみる
もう姿も見えないぐらい離されてしまったがな

142. 名無しの異邦人
>>141
健闘を祈る
俺は第３の街から南に向かってみる
ひょっとすると途中で見つけられる可能性があるから

143. 名無しの異邦人
>>141 − 142
お前ら任せた
俺はほかに漆黒の獣がいないか第２の街の広場を見回ってみる

・
・
・

158. 名無しの異邦人
141と142からの追加報告はまだか？

159. 名無しの異邦人
>>158
まだないおちつけ

160. 名無しの異邦人
>>159
いたいけ（かもしれない）おにゃのこたちが奴らの毒牙にかかるかもしれんのだぞ
落ち着いていられるか

161. 名無しの異邦人
>>160
それでも俺らにはなんもできん
落ち着いて次の報告を待て

162. 教授
取り込み中のところ失礼するのである

163. 白狼
やあ、ちょっとおじゃまするよ

164. 名無しの異邦人
え、教授？
それに白狼ってクラン白夜の白狼？

165. 教授
うむ、教授とクラン白夜の白狼君で合っているのである
君たちが探しているであろう少女２名は我々が保護したのである

166. 名無しの異邦人
え、マジ？
どこにいたの？
俺見つけらんなかったんだけど
あ、141 です

167. 白狼
第３の街に向かう途中の林の中にいたよ
僕たちも第３の街に向かっていたんだけど、その途中で林の中から言い争う声が聞こえてね
僕が止めに入ったんだ
そこにいたのが漆黒の獣のプレイヤー４人と女の子ふたりづれだったんだよ
念のため確認したいんだけど、女の子たちの特徴はひとりが茶髪のショートカットの剣士、もうひとりが金髪のロングヘアーの魔術士風装備で間違いないかな？

168. 名無しの異邦人
>>167
遠目だったので装備まではわからなかったけど髪は合ってると思います

169. 名無しの異邦人
>>165，167
そのときの状況をもう少し詳しく

170. 教授
それでは私のほうから説明するのである
場所は先ほども述べたとおり第３の街に向かう途中、ちょうどふたつの街の中央付近の林の中
そこを通りかかった我々は林の中から言い争う声を聞いたのである
そこで我々３人は林の中に入って状況を確認したのである
そこには漆黒の獣４人に囲まれて困っているお嬢さんふたりがいたのである
漆黒の獣４人が強引なナンパ行為をしていることを確認した我々はGMコールを実行、その後に白狼君に止めに入ってもらったの

である
その4人の矛先は白狼君に向かったのであるが、その途中でお嬢さんふたりが困っていることを確認、そして漆黒の獣4人は強制ログアウト処理を受けて退場したのである

171. 名無しの異邦人
>>170
マジ有能
ていうか白狼さんかっけー
で、話に出てきてないもうひとりって何者？

172. 教授
【爆撃機】トワ君である
トワ君には私と一緒に監視とGMコールをしてもらったのである
ついでに言えばこのふたりを発見できたのもトワ君の功績であるな

173. 名無しの異邦人
え、爆撃機ってあの爆撃機？

【爆撃機】トワに【蒐集家】教授さらに【白騎士】白狼ってなんのイベントの集まりですかね……

174. 教授
トワ君主催で第3の街へ転移門を開通させに行く途中だったのである
白夜の面々はそのお手伝い、というか傭兵みたいなものであるな

175. 名無しの異邦人
なにその豪華メンバー恐い
ちなみに教授、証拠のSSとか動画とかありませんかね
危険注意の情報拡散に使いたいのですが

176. 教授
あるのである
少し待つのである

177. 名無しの異邦人
>>176
超有能
全裸待機します

178. 名無しの異邦人
>>177
靴下ははいておけ

179. 名無しの異邦人
>>177－178
お前らwww
とりま俺も待機

180. 名無しの異邦人
……？
教授います？

181. 名無しの異邦人
さすがに遅いなトラブったか？

182. 教授
すまないのである
どうやらSSも動画もアップロードできないようである

183. 名無しの異邦人
は？

184. 名無しの異邦人
ひ？

185. 名無しの異邦人
ふ？

186. 運営 GM
へほ
Unlimited　World をお楽しみいいただきありがとうございます
今回の件の SS および動画ですが被害者側の顔も写ってしまっているためアップロードを不可といたしました
なお、お三方には証拠 SS および動画を運営にご提出いただいております
今回はご協力ありがとうございました

187. 名無しの異邦人
まさかの運営再降臨 w
しかし被害者少女の顔が写ってしまっているなら仕方がないな
拡散するわけにもいかん

188. 名無しの異邦人
>>187
そうだな
しかも運営「へほ」を言っておる www

189. 教授
どうやらそういうことらしいのである

被害者のお嬢さんふたりについては白狼君が預かることになったようなので心配はいらないのである
それでは失礼するのである

190. 名無しの異邦人
>>189
おつかれさまでした
どうやら今回は無事解決したみたいだな

191. 名無しの異邦人
ああ、無事なようでなによりだ
……なお、俺氏第3の街から第2の街に向かったのに見つけられなかった模様

192. 名無しの異邦人
>>191
心配するなあとを追いかけたはずの俺も見つけられなかった

193. 名無しの異邦人
>>191－192
お前ら……
まあ今回は無事解決したしよかった　では解散

194. 名無しの異邦人
解散！

・
・
・

# 第四章　クラン間抗争

俺は、ユキと拾ってきたふたりを連れて、少し離れたところに来た。

「雪音に気がついたならわかると思うけど、都築悠だ。こっちではトワな」

「海藤雪音です。キャラクターネームはユキ」

「片桐愛莉よ。キャラクターネームはアイラね」

「あ、鈴原祈《すずはらいのり》です。キャラクターネームはフレイです」

ほかの皆から離れた場所で、俺たちはあらためて自己紹介をした。

アイラの背の高さは俺と同じくらいで、フレイの身長は俺とユキの中間くらい。身長はリアルからあまり変更できないので、そっちでも大差がないはずだ。髪型はアイラが茶髪のショートカット、フレイが金髪のロングヘアーである。種族は……人間だと思うけど、フレイはどうだろうな？　耳元が隠れてしまっているから、人間とエルフの判別ができない。

先程も述べたが、装備はふたりともブロンズ製の金属装備。アイラのメインウェポンは片手剣と盾、フレイのメインウェポンは杖のようだ。杖を使うということは、魔術士系だろうし金属鎧よりも革鎧のほうが動きやすくて便利だと思うのだが……まあ、いいか。

「それにしても、こんなところで海藤さ……ユキさんと会うとは思わなかったわ」

「はい、それでおふたりはなぜこんなところに?」

「【第三の街】に向かう途中だよ。そういうそっちこそ、なんでこんな身の丈《たけ》に合わないところに来てるんだ?」

「いや、その……実はね……」

そうしてふたりは、こんなことになった経緯を語ってくれた。

俺たちが帰ったあと、学校で〈Unlimited World〉の話をしていたら園田某が話しかけてきた。

それでしつこく誘われたので、一度だけゲーム内で会うことにした。

その、ゲーム内で会う日が今日だった。

ゲーム内で会っていろいろと話をした結果、園田某が【第三の街】に行くのを手伝ってくれることになった。

園田某は助っ人として、他のクランメンバーを呼んだ。それがさっきいた三人、園田某を含めて四人。

途中までは普通に接していたが、この林のあたりからやたらとフレンド登録を強要するようになった。

いくら断っても諦めないので、嫌気がさして林の中に逃げ込んだ。

しかし回り込まれてしまい、逃げ出すことができずにそのまま口論となった。

「……はぁ」

「ちょっとなによ、そのため息は」

「いや、どう考えてもバカだろ。お前さんら」

まず園田某につきあう気が知れない。

そして、その誘いに乗って身の丈に合わないフィールドに来る気が知れない。

現実なら『襲ってください』と言っているようなものだ。

そのことを説明するとふたりは顔をしかめた。

「そんな顔をしても、実際の行動はその通りなんだから、反論できないだろうに」

「それはそうだけど……」

「あと、普通にGMコールしていれば対応してくれましたよね。この案件なら」

「「あっ……」」

どうやらふたりとも、自分でGMコールすることまで頭が回っていなかったようだ。

「それで、これからどうするつもりなんだ？　さっきも言ったけど、うちのパーティに空きはないぞ」

「なによ。クラスメイトが困ってるんだから、少しぐらい手伝ってくれてもいいでしょ？」

アイラ……愛莉は強めの口調で言ってくるが、俺にとってはわざわざ手伝うことではないんだよな。

「アホか。なんでただのクラスメイトのために、そこまでしてやらなきゃならん。そもそも身の丈に合っていないフィールドに来ている時点で、『少し』手伝うじゃなくて『寄生』させてって意味になるだろうが」

「？　寄生ってなによ？」

「はあ、まずはそこからか。いいか、寄生プレイヤーって言うのはな……」

仕方がないので、そこから説明してやることにした。

「……つまり、実力もないのに上位のプレイヤーにすべて任せて楽しようとしている奴のことだよ、ちょうどお前さんみたいに」

「……都築くんって、思ったよりもはっきり物事を言うわね」

「まあこの手のゲーム歴は長いし、お前さんたちみたいなプレイヤーもよく見てきたからな」

「ねえ、やっぱりここはおとなしく帰ろうよ、アイラちゃん」

どうやらフレイのほうは帰るほうがいいと思っているみたいだ。

アイラだけが意地になって帰るのを拒んでいる感じだな。

「はぁ、それで、なんで【第三の街】に行きたかったんだ？　あそこには、鉱山ダンジョンぐらいしか、一般プレイヤーにはめぼしい物はないぞ？」

はっきり言って、【第三の街】はあまり行く意味がない。それこそ、鉱山ダンジョン以外だと行く必要性がないのだ。

「そう、それよ。私たちが【第三の街】に行きたかった理由は」

「なんでわざわざ鉱山ダンジョンに行くんだ？」

「それは『鉄鉱石』が、簡単かつ大量にゲットできるからよ！　そうすれば、それを元手にもっといい装備が買えるもの！」

アイラの返答はわかりやすいものではあったが……無理をする理由でもないな。

「なるほど、金策ね……鉄鉱石『だけ』欲しいなら、おとなしく【第二の街】の西にある岩山を掘ってればいいのに……」

「はあ？　そんな情報知らないわよ！」

「それは調べ方が足りないな。あと、さすがにないと思うけど、当たり前すぎて、誰も情報まとめてないか。そもそも金策したいなら、身の丈に合ったモンスターを倒して、ドロップアイテムを換金したほうが早いと思うぞ」

どうやら、アイラは情報収集不足でもあったらしい。……おれも、昔の情報だよりに行動しているので強くは言えないけど。

「うっ……」

「だから言ったじゃない、そっちのほうがいいって」

どうやら、無理をしてでも儲けたいアイラと、堅実に行きたいフレイで意見が分かれているようだ。はっきり言って、もめごとは、あとでふたりのときにやって欲しい。そんなことを考えていると、白狼さんがこちらに近づいてきた。

「やあ、その様子だとまだ結論は出ていないみたいだね」

「ええ、まあ。これで知り合いじゃなければ、放り出していくんですが」

「はは、相変わらず君の発言は過激だね。それじゃあ、僕から提案があるんだが、いいだろうか」

白狼さんがそう言ったので、頷き提案を聞くことにする。

「まあ、難しいことじゃない。彼女たちも【第三の街】まで連れて行ってしまえばいいだろう。そのあとは、僕のクランで面倒を見るよ。彼女たち、初心者みたいだからね。基礎から叩きこまないと、多分ダメだ」

「ふむ……」

まあ、白狼さんが引き取ってくれるなら、悪い話ではない。

少なくとも、こちらに迷惑はかからないのだから。

「ちょっと。私たちの意思はどうなるのよ」

「うん。この提案が飲めないなら、悪いけど君たちを連れて行くことはできないかな。いちおう、僕ら『白夜』は、彼ら『ライブラリ』の護衛として雇われて、ついてきている立場だからね。これ以上の要求はできないんだよ」

白狼さんの有無を言わせぬ口調に、さすがのアイラも黙り込む。

そして、沈黙を破ったのはフレイだった。

「……ねえ、アイラちゃん。この提案を受けようよ」

「ちょっと、フレイ⁉」

「だって、このままじゃ置いていかれるだけだし、私たちが初心者なのも事実だし、いろいろと教えてもらえるなら、そのほうがいいよ」

「うー、わかったわよ。とりあえず白狼さんについていく、それでいいんでしょう」

ふたりは白狼さんの提案に乗ることにしたようだ。白狼さんも、満足げな表情を浮かべている。

「それはよかった。で、トワ君も構わないよね？」

「白狼さんのほうで預かってくれるなら、こちらとしては問題ないですよ」

俺としても、自分たちに面倒事が降りかかるわけじゃないなら問題ない。

それに、『白夜』で学ぶことはふたりにとってもプラスになるだろう。

「じゃあ決定だ。それじゃあ、あらためて出発しようか。自己紹介は道すがらにね」

結局、白狼さんたち『白夜』一軍パーティを分割し、アイラとフレイを加入させて進むことになった。

ああいうまとめ方ができるあたり、白狼さんはオトナだよなぁ。

そのあとはとくに問題もなく、第三の街前のボス『ロックゴーレム』へとたどり着いた。


---

「さて、この先がエリアボスのロックゴーレムのわけだが、攻略法の確認は必要か？」

ボスエリア前で、満腹度回復も兼ねた軽食休憩を終えた俺は、一度確認を取る。

ちなみに、俺たちは攻略法について予習ずみだ。

しかし、フレイがそっと手を上げる。

「すみません。私たちはわからないです……」

どうやら、フレイとアイラは攻略法を知らないらしい。

「うん、君たちは知らなくてもしょうがないか。この先にいるエリアボス、ロックゴーレムだけど、基本的には前衛しか攻撃してこないから、君たちは見てるだけでいい。ヘタに動かれるとカバーできないからね。相手の攻撃の届かないところから使えるなら遠距離攻撃を、それができなければ待機でかまわない。死なないことが重要だからね」

白狼さんがロックゴーレム戦の注意事項を説明する。さらに、俺からも説明を追加した。

「レベルも装備も足りていないんじゃ、『なにもしない』ことしかできないからな。おとなしく白狼さんの指示にしたがって、フィールドの端のほうに避難していてくれ」

「……はい」

「……わかったわよ」

さすがに、自分たちが力量不足なのは理解しているのか、アイラとフレイも納得してくれたようだ。……アイラは不承不承といった様子だが。

さて、それじゃあ懸念事項ももうないな。

「それじゃあボス戦といきますか」

ボス戦は特筆することもなく終わった。

まず、『白夜』のタンクがロックゴーレムをフィールドの反対側まで引っぱり、それをヒーラーの人が補助。

それ以外のメンバーは、全員攻撃といった感じだ。

今回は、合計四パーティのレイドチームでのアタックとなったが、ボスが強化されていることを感じさせないほど、『白夜』一軍の攻撃力がすごかった。

レベル差があるんだから、当然と言えば当然の結果なのだが、ボスのＨＰがみるみるうちにとけていった。

本来であれば、全身から散弾のように岩を飛ばしてくる全体攻撃があったり、体を一回転させて全周囲をなぎ払う攻撃などもあるのだが、すべて出はじめのモーションで潰されて、キャンセルされていた。

あまりにも余裕があったため、拳銃を両手に持ち、二丁拳銃スキルとか覚えられないか試していたら、【二刀流】スキルを覚えた。

どうやら、両手にひとつずつ武器を持って行動するためには、どんな装備であっても【二刀流】スキルが必要となるらしい。俺の行動をばっちり見ていた教授は、「拳銃を二丁であっても【二刀流】なのであるな」とだけつぶやいていた。

〈エリアボス『ロックゴーレム』を初めて撃破しました。ボーナスＳＰ６ポイントが与えられます〉

【第三の街】、【鉱山街】とも呼ばれるこの街だが、一般プレイヤーにとっては鉱山ダンジョンぐらいしか寄るところのない街だろう。

鉱山ダンジョンは、その名の通り、鉱山の中がダンジョンになっている場所だ。

深い階層に行けば行くほど、レア度の高い鉱石が手に入る仕組みだ。

勿論、深い階層ほどモンスターも強くなっていくが。

「さて、護衛の仕事はここまででいいかな、トワ君」

街に入ってすぐの転移門をポータル登録したところで、白狼さんが尋ねてきた。

「はい、ここまでで大丈夫です。ありがとう、白狼さん。これ、報酬です」

「なに、こちらも新人パーティを連れてくる用事があったからね。またなにかあったら、連絡をよろしく頼むよ。まあ、その前に明日も会うことになるだろうけどね」

おそらく、クランホームに来てくれる予定なのだろう。実際、クランホームでしかできない『取引』の類いもあるので、来てもらえれば助かる。

「ああ、それから、彼女たちだけど、正式に僕たちのクランに所属することになったから、心配しないでくれ。基礎からしっかり教えて、今回のようなトラブルにも、自分たちで対処できるようにしておくよ」

うん。心配はしてないけど、よろしくお願いします。

「それでだ、彼女たちから君に話したいことがあるそうだ。少しだけ話を聞いてやってもらえないかな？　よろしく頼むよ。それじゃあ、また」

それだけ告げて、『白夜』のメンバーは転移門から去っていった。残されたのは『ライブラリ』メンバーと教授、それから、クラスメイトふたりだ。

話があるというのなら、聞かないわけにもいかないだろう。

「えっと、今日はありがとうございました」

「……ありがとう」

フレイとアイラがそう告げてくる。

「どうぞお構いなく。というか、『白夜』に入るなら、先輩の言うことをちゃんと聞いて、ゲームの基本ぐらい覚えてくれよ」

今後あまり関わりにならないだろうし、素っ気なく注意する。

「うん、そうするよ。ねえアイラちゃん？」

「わかってるわよ。面倒なことに巻き込んでごめんなさい」

「わかってくれたなら結構。それで、俺に聞きたいことはなんだ？」

ふたりは苦笑いを浮かべる。

「ああ、やっぱり聞きたいことがあるってわかるのね」

「それくらい顔を見ればわかる。それで、なにを聞きたいんだ？」

「えっとね、園田君たちのことなんだけど……」

ああ、あいつらのことか。俺は過去の事例から判断した処罰内容を話すことにした。

「あそこにいた四人ならハラスメント違反で最低数日、多分二週間ぐらいのログイン制限といったところだろう。まあ、ほかにも余罪があればもっと伸びると思うけどな。アカウント凍結まではいかないと思う」

「……そうなんだ、意外と重い罰なんだね」

フレイはそこまで重い処分になるとは思っていなかったようだ。

「ここの運営は、そういったところ厳しいからな。現実《リアル》のほうはともかく、こっちではしばらく顔を会わせようがない」

「……まあ、どっちかって言うと、現実のほうが心配なんだけど。それこそ、お互いにクラスメイトなわけだし」

アイラは現実、つまりは学校のことを気にしている様子だが……そこまでは面倒を見ていられないな。

「それこそ、無視してやればいい。馬鹿なことをやって、運営の制裁くらったのは自業自得なんだしな。それに、今回の件も含めて『漆黒の獣』については、同様の事案があるってことで運営が調査に乗り出しているようだし」

「……あんた、どこでそんな情報拾ってくるのよ」

「普通に、公式のお知らせにもう載っているよ」

そう、もう公式ホームページのお知らせ欄に今回の一件も含めて、調査を行う旨が掲載されている。

さらに、掲示板のほうでは、教授が詳細を書き込んでいるようだ。

白狼さんも名前が出ても構わない、ということだったため、かなり詳しく、かつ情報元《ソース》として実際に言い寄っていた現場の動画もアップロードしようとしたようだ。動画などは、運営のほうから待ったがかかって、アップロードできなかったらしいが。

この会話の裏で行われているフレチャの中でも、『なかなかの炎上具合である』と言っていたので、相当な状況になっているのだろう。

「……つまり、リアルのほうでは無視を決め込むのが一番ってわけね」

「というか、それしかないだろう。現実で同じことをやられたらどうするよ」

「……それは金輪際、相手をしないに決まっているわね」

「つまり、そういうことだ」

ふたりは、疑問が解消されたようでほっとしている。

「それじゃ、悩みも解決したし、これでいくわ……あ、その前にフレンド登録いい？」

「あ、私も登録お願いします。勿論、ユキさんとも」

アイラとフレイはフレンド登録を申し込んできた。俺がするのは構わないけど、ユキはどうするのかな？

「俺のほうは構わないが……ユキ、どうする？」

「フレンド登録ぐらいなら構いませんよ」

というわけで、俺たち四人はフレンド登録を行い、アイラとフレイは転移門から去っていった。


---

「よし、爆薬と爆弾のレシピゲット‼」

クラン『白夜』の皆と別れたあと、俺たち『ライブラリ』メンバーと教授はいったん自由行動として【第三の街】を見学していた。その最中、俺は雑貨屋を確認して、念願の爆弾レシピをゲットしたのだ。

……正直に言えば、レシピを買うだけだったらいくらでも買えた。なぜなら、ここで買ったレシピを市場に流しているプレイヤーがいるから。それでも、このレシピだけは自分で足を運んで手に入れたかったのだ。

「ねぇ、トワくん。すごく喜んでるけど、それってそんなにすごいアイテムなの？」

「いいや？　多分、そこまで期待した効果は出ないと思うぞ」

βテスト終了後、運営の修正予告において、名指しで弱体化宣言をされたアイテムが、強いままのはずがない。自分が使いすぎたとはいえ、爆弾系アイテムは簡単に作れて量産もできるわりに強すぎたのだ。

実際、取得可能レベルが【初級錬金術Ｌｖ１】まで上げられている時点で、かなりのプレイヤーが挫折する。おそらく、攻撃力にもマイナス修正が入っているだろうから、使ってみてさらにがっかりする。

それでも、俺はこのふたつのレシピが欲しかったのだ。

「そんなにすごくないアイテムなら、どうしてそんなに喜んでるの？」

「βテストのときにお世話になったアイテムだからなぁ。あと、必要レベルが高いからおそらくスキル経験値がおいしい」

「なるほど、思い出補正ってやつだね」

思い出補正でもなんでもいいのだ、目的の物が手に入ったのだから。

「トワくん、ほかになにかいい場所はないの？」

ユキに聞かれるが、いい場所か……。

「この街は本当になにもない街だからなぁ。あと、ある場所と言えば、冒険者ギルド、鉱夫ギルド、鍛冶ギルド、スキル屋、食堂ぐらいか」

「本当に、行く場所が少ない街なんだね……」

俺の挙げた場所の少なさに、ユキも少しがっかりしている。

「そもそも、街自体も非常に小さいからなあ。すでに、『インデックス』が全部調べ尽くしてるはずだよ」

「うーん、それじゃあスキル屋に行ってみよう」

とくに行く当てもなくスキル屋に向かう。

「うーん、売ってるスキルの種類も少ないな……」

「そりゃ、ここは鉱山と鍛冶の街だからな、そんなにスキルなんて置いてないさ」

スキル屋の主人が、かなり投げやりなことを言う。

「ねえ、なにか買っていく？」

「そうだな、意味のありそうなスキルは……【採掘】くらいしかないか」

このスキルも、鉱山ダンジョンに潜《もぐ》ればすぐ覚えられそうだけど、先に覚えておいても損はない。

【採掘】スキルの効果は、鉱石類を採取するときに品質とレアリティに補正が付く、というものだ。

「ねえ、【細工】は？　アクセサリー作りとか面白そう」

ユキが【細工】スキルに興味を示す。

【細工】スキルは、金属や木材、宝石などを加工してアクセサリーを作るスキルだ。

とはいえ、初心者が覚えるには、金属を溶かしてインゴットにしたり、できたインゴットをさらにハンマーなどで成形してアクセサリーにしたりと意外に大変なスキルでもある。

「うーん、ユキは料理人だからなぁ。満足な作品ができるまで、しばらくトンカチと格闘になるぞ」

「そっか……あんまり使わないスキルを増やしても困るよね。それじゃ【採掘】だけ買っていこう」

簡単な説明しかしていないが、ユキはあっさり覚えるのをやめた。興味はあったけど、そこまで本腰を入れるつもりはなかったってところかな。

結局、ここで買うのは俺とユキの【採掘】スキルだけになった。

「はいよ、まいどあり。正直な話、【採掘】のスキルブックも売れ行きはあまりよくないんだがなぁ。それこそ【鍛冶】や【細工】のほうが売れるんだが」

「まあ、ツルハシで何回か採掘作業をしてれば、覚えられるスキルだしな。ありがとう、また来るよ」

「おう、今度もなにか買っていってくれよ」

スキル屋をあとにした俺たちは、冒険者ギルドに寄って依頼を確認する。そして、集合場所である街の北門へと向かった。

「あれ、もう皆そろってるのか？」

事前に決めた集合時間にはまだ早かったが、待ち合わせ場所には全員揃っていた。

「まあ、ねえ。この街って本当に見る場所が少ないから……」

「うむ。皆やることがなくて、早く集まったわけであるな」

柚月と教授がそんな話をするが、要するにやることがなかっただけだな。

「まあいいか。そろったのなら鉱山ダンジョンに行こう」

「おう！　腕がなるぞい！」

妙にやる気の入ったドワンが先導して、俺たちは鉱山ダンジョンへと入っていった。

なお、鉱山ダンジョン前にある転移門の登録も、このときにすませておいた。


---

「終わり、ダブルショットっと」

鉱山ダンジョンに入った俺たちは、順調に地下二十階まで攻略が完了した。

「ふむ、やはりこのダンジョンの敵は、種族レベルやジョブレベルが非常に上がりにくいのである」

「代わりに、スキル経験値は大量に入ってるっぽいけどな。さっきから【銃】スキルのレベルが、バンバン上がる」

このダンジョンの不思議その一、種族レベルやジョブレベルは上がらないのにスキルレベルはバンバン上がる。これは、誰が挑んでも同じ結果になるらしいので、スキルを鍛えるためのダンジョンなのだろう、というのが一般見解だ。

「採掘ポイントのおかげで鉱石も手に入るから、トワにとっては銃弾の補充にもこと欠かないからのう。わしの【採掘】スキルも、ガンガン上がっているぞ」

「ふむ。やはりここは、スキルが伸びやすいような補正が働いているのかもしれないのである」

「インスタンスダンジョンだから、ほかのプレイヤーもいないしな。低ランクのスキルを鍛えるならありかもしれない。鉱石採掘のついでなら」

「そうであるな。……しかし、ゲームの中で、採掘のような重労働をすることになるとは思わなかったのである……」

「ゲームの中だからこそ、とも言えるけどな。……こっちのポイントは掘り終わったから、あっちに行ってくる」

「あ、私もこっちが終わったから、一緒に移動するね」

俺たちは、入り口からサーチ&デストロイで攻略を進め、地下二十階を攻略したいまでは、【採掘】

スキルのスキルレベルが16になるまで成長していた。

先ほども話していたとおり、このダンジョン内ではスキルレベルが上がりやすいのか、【銃】スキルや各種魔法スキルなども軒並みレベルアップしている。地味に、罠もところどころに存在するので、いままで完全な死にスキルだった【罠発見】と【罠解除】が役に立っていた。【罠作製】は試す機会がないので、一切上がっていないが。

「あ、でも。スキルレベルが上がりやすいなら、このダンジョン内で生産すればそっちも上がりやすいのかな?」

ユキが思いついたようにそのような提案をしてくる。もっともそれは、いろいろな人間が思い当たることであり、すでに試されてもいるのだが……。

「それを検証班が試してないと思うか?」

「あ、やっぱりダメだったんだね」

「ああ。アイテム生産系のスキルは、このダンジョン内では、経験値が入らないようになっているらしい」

このダンジョンの不思議その二、ダンジョン内でアイテムを生産していても生産経験値が入らない。これは、【料理】レベル1の状態で、大量の食材を持ち込んで料理しても、1レベルも上がらなかった、という検証結果から導き出された答えだ。

そのため、入手した鉱石類もダンジョンを脱出してから精製することが推奨されている。

「お、ミスリル鉱石っと……これで、こっち側の採掘ポイントもすべて掘り終わったかな」

「うん、終わりだと思う。皆と合流しよう」

それぞれのフロアはあまり広くないけど、階数が多いのがこのダンジョンの難点だよな。

「おう、戻ったか。お主らのツルハシも見せてみろ。耐久値を回復してやる」

「ああ、ドワン頼んだ」

「お願いします、ドワンさん」

ドワンにツルハシをメンテナンスしてもらい、俺たちは地下二十一階へと進む。

鉱山ダンジョンは、ここからが本番と言われる階層だ。気合いを入れていこう。


---

「はあ、ようやく地下二十五階か……」

「うむ。さすがに非戦闘職ばかりが集まったパーティでは、きつくなってきたのであるな」

地下二十五階まで到達したときには、俺たちはそれなりに消耗していた。

さすが、本番と言われるだけあって、難易度が一気に増した感じだ。

その分、得るものも多く、上位の鉱石類や少し上質な魔石などがドロップとして手に入った。

さらに、スキルも成長して、【銃】スキルはレベル22まで、ほかは【水魔法】レベル26、【風魔法】レベル24など、職業レベルや種族レベルを超えたスキルも多い。このダンジョンに潜ってからは一撃の威力よりもモンスターとの相性重視にしている。そのため、俺の場合はここのモンスターで弱点が多かった【水魔法】がもっともレベルが上がっていた。ほかの皆も、普段はあまり使用しない戦闘スキルが上がって満足げな表情だ。

「……あー、そういえばここってインスタンスダンジョンなんだよな」

「うむ。その通りであるが、それがどうかしたのかね、トワ君？」

なんとなくだが、苦労している理由を思いついてしまう。

「いや、インスタンスダンジョンってことは、敵の数もパーティの人数に合わせてきているよな、と思ってさ……」

「……ああ、なるほど。ひとりでも純戦闘職がいれば、難易度ががらりと変わるはずであるな」

教授もそれなりに鍛えているはずだが、さすがに戦闘職とまでは言えないからな……。

「仕方ないのう。トワ、しばらくここにこもって、戦闘スキル上げと鉱石集めするぞい！」

上質な鉱石が数多く必要なドワンには、ここは宝の山だからか、気合がものすごい。少々ロールプレイも壊れ気味だ。

「言われなくても、鉱石集めはするけどさ。はあ、しばらくはこっちに通いかねぇ」

「あ、トワくん。私も一緒していいよね？」

「盾役のユキ嬢ちゃんがいないと話にならんのう。よろしく頼むぞい？」

「うん、がんばるよ！」

アタッカーのドワンと俺のふたりでは、まだ鉱山ダンジョンを攻略するのは厳しい。なので、ユキと一緒に来るのは前提条件のようなものだ。ユキもやれることがあって嬉しそうである。

「はいはい。今後の予定は、この階層を無事クリアできてからにしましょう」

「そうだな。まずは今日の目標クリアを優先させるか」

そして、二十五階も全域を探索し終え、ボス部屋まで到達したのは、その二十分後であった。


「なんとか、ボスにたどりついたな。ボスってなんだったたっけ、教授？」

「……うむ。ストーンゴーレムであるな。レアポップの場合は、ロックゴーレムである」

わかってはいたけど、βテストのときと変更なしか。少し面倒だなぁ……。

「うわぁ、相性最悪な敵がきたよ……」

「とりあえず、満腹度回復も兼ねて食事にしよう？　はい、薬膳料理だよ」

「ほほう、これが噂の薬膳料理であるか……苦かったりするのかと思ったが、味は普通においしいのである」

どうやら教授が薬膳料理を食べるのは初めてらしい。きちんとした薬膳料理はおいしいんだよな。

「初めて食べる人は皆そう言うね。ちゃんと下処理できていれば、苦くならないよ」

「……つまり、評価が低い薬膳料理は、苦いというわけであるな……」

「うん、そう」

「まあ、世の中そんなにいい話ばかりでもないということだな」

ユキの言う通り、評価が低いと薬草の苦味が出る。実は、ポーションでも似たようなことがあるが、あちらはそういうものだと認識されているようなので話題にならない。

食事を終えた俺たちは、次のストーンゴーレム戦の作戦を練る。

「まずは先制でアクアピラーを叩きこむから、そのあと追撃で最高火力を。ユキは挑発を使いつつ、そのまま突っこんでチャージランスを決めてくれ。多分、それで体勢を崩すはずだから、アクアスプラッシュで特殊ダウンを狙いにいく。特殊ダウンが取れたら、そのまま最大火力継続、ダウンしなかったら一度離れて様子見だ」

俺はストーンゴーレム戦の予定している流れを説明する。ストーンゴーレムは水属性が弱点だから、この作戦である程度まではＨＰを削れるはずだ。

「ええ、わかったわ」

「了解である」

柚月や教授もうなずき、作戦は決定された。あと注意事項は……。

「それから。ユキの回復は俺に全部任せてもらって構わない。ユキは、ゴーレムの攻撃が直撃しないようにだけ、気をつけてくれ」

「うん、わかった」

最後にポーション類の在庫を確認し、俺たちはボス部屋に足を踏み入れた。

「あちゃー。ボス、ロックゴーレムだよー」

運がいいのか悪いのか、ボスはレアポップのロックゴーレムだった。エリアボスと同じとはいえ、弱体化版なので俺たちでも倒せるはずだ。

「うむ。だが、エリアボスとは違い、奴はまだノンアクティブである。トワ君の【奇襲】スキルが通用するのである」

「それじゃあ、戦闘開始しますか……アクアピラー！」

俺の攻撃魔法を合図に、全員が一気に攻め込む。

「いくよー、ペネトレイトアロー！」

「どっせい！」

「うむ、ゲイルアロー！」

「アクアピラー！」

全員の追撃が決まった結果、ＨＰバーが残り六割近くまで一気に削れた。

あれ、この個体って……。

「『挑発』！　からのチャージランス！」

余計なことを考えている間にユキの追撃まで決まり、予定通りゴーレムが体勢を崩した。

「トワくん！」

「わかってる！　アクアスプラッシュ！」

勢いよく飛んでいった水の塊によって、体勢を崩していたゴーレムは大きく吹き飛ばされる。

よし、特殊ダウンを取れた！

「敵、特殊ダウン！　一気にたたみかけろ！」

その号令とともに、可能な限りの全力攻撃がゴーレムを襲う。

しかし、ＨＰバーが残り一割を切ったあたりで、ゴーレムが起き上がろうとしていた。

「ちっ、起き上がり攻撃来るぞ！　前衛は離れろ！」

俺の合図とともに、一歩下がるユキとドワン。

そのあとを、ゴーレムの大ぶりな攻撃が通り過ぎる。

「さすがにこれで終わるだろう。ウィンドピラー！　ウィンドスプラッシュ！」

称号効果で強化された風の柱と弾丸は、狙い通りゴーレムの残りのＨＰを削りきってくれたのだった。


---

〈種族レベルが上がりました〉

〈【水魔法】レベルが上がりました〉

〈【風魔法】レベルが上がりました〉

〈【魔力】レベルが上がりました〉

〈【魔力】が一定レベルに達しました。【魔力Ⅱ】に進化可能です〉

〈【魔力回復上昇】レベルが上昇しました〉

〈【魔力回復上昇】が一定レベルに達しました。【魔力回復上昇Ⅱ】に進化可能です〉

〈【魔力】【魔力回復上昇】が一定レベルに達しました。【魔導の真理】に統合可能です〉

おう、インフォが一気に来たな。

そして、ついに【魔力】と【魔力回復上昇】がカンストか。これで【魔導の真理】が覚えられる。

「トワくん、どうしたの？　うれしそうな顔してるけど」

「ん、ああ。ちょっと、スキル統合ができるようになってな」

「ふむ、スキル統合と言うことは【魔導の真理】あたりかね？」

「正解、さすが教授」

これがあれば、ＭＰの消費軽減や回復速度上昇などがあるため魔術士タイプのキャラは格段に戦いやすくなる。

……俺、ガンナーだけど。

とりあえず、さくっとＳＰ８を支払い【魔導の真理】を取得。

〈【魔導の真理】を取得しました。称号『魔導を求める者』が付与されます〉

「あれ、教授。【魔導の真理】を手に入れると、称号が手に入るの？」

「うむ、手に入るのである。知らなかったのかね？」

教授がメガネを拭きながら教えてくれる。だけど、それについては知らなかった。

「そんなことよりドロップ確認しようよー。今回は、普通に倒したからドロップも期待できるよね？」

　イリスがボス退治後のお楽しみ、ドロップ確認を急《せ》かしてくる。

　確かに、ボスのドロップ確認は醍醐味のひとつだ。

「まあ、通常のドロップテーブルだからな。俺のドロップは『ロックゴーレムの魔核』か。いちおう、レアゲットだな」

「相変わらず、あなたは運のいいことね。私は『ロックゴーレムの魔石』だったわ。トワ買い取ってくれる？」

　俺がレア分類の魔核だったのに対して、柚月は魔石だったらしい。

　魔石はどんなモンスターでも落とすアイテムだが、魔核はボスモンスターでしか手に入らない種類のアイテムだ。魔石は汎用素材だが、魔核は装備強化に使うと、種類に応じていろいろな効果を発揮してくれる。

　俺にとって、魔石は拳銃の素材になるため、ほかの生産職よりも使うことが多い。なので、買い取りはできる限り行っておきたい。

「勿論。拳銃作りに、魔石は欠かせない素材だからな」

「それじゃ、あとで買い取ってね。ほかの皆は？」

「わしは、上質な鉄鉱石が数個じゃのう」

「ボクもー。ドワン、あとで買い取りよろしくー」

　ドワンとイリスは鉄鉱石だったようだ。そちらはドワンが喜んで買い取るだろう。

「こちらは魔石であるな。トワ君、まだ買い取るかね？」

「ああ、買い取らせてもらうよ」

「では頼む。あとはユキ君かね」

「私は、トワくんと同じ『ロックゴーレムの魔核』だった！」

ユキも俺と同じく魔核だったようだ。……相変わらず、運がからむ要素ではユキは引きがいい。

「あら、おめでとう。それを防具に使うと【耐久値自動回復】がつくんだけど、体防具に使わない？」

【耐久値自動回復】は、その名の通り装備の耐久値が自動で回復していく特殊効果だ。なににつけても便利であるため、付与したいものがないときにつけておくと重宝する。

「えっと、お願いします」

ユキもとくに断る理由がないため、付与してもらうことにしたようだ。

「了解、明日クランハウスが使えるようになったら、すぐに付与してあげるわね」

そういえば、明日の夜にはクランハウスが使えるようになるんだっけ。

「ふむ。それでは、今日は解散というところであるな。さすがに、これ以上先に進むのは無理であろう」

教授の宣言通り、今日の探索はここまでで十分だろう。戦力的にも怪しいし、なにより疲れてきた。ほかの皆も少々疲れた様子だ。

「そうだねー、脱出用ポータルも使えるし、二十五階のショートカットを開通したと思えば、十分な戦果だねー」

「ああ、そうだな。帰ろうか」

そうして俺たちは脱出用ポータルからダンジョン外へと脱出し、今日は解散となった。……あ、魔石はちゃんと買い取ったよ。


---

そして、翌日、日曜日。日中は家事や買い物など、家の用事をいろいろと片付ける。いくらゲームが楽しいからといって、ゲームしかやらないで過ごせるわけじゃないからな。

なお、遥華はゲーム三昧《ざんまい》の一日を送っている模様だ。

それでも、食事の時間にはきちんと顔を出すあたり、ゲームばかりではいけないことをわきまえているらしい。

家の用事が終わったあと、少し時間が空いたのでゲームにログイン。市場で売上の確認と、売れた分の在庫を補充するための素材を買い込んでおく。商品の補充自体は、夜にクランホームが完成してからやる予定だ。

それでも時間が余ってしまったため、図書館に行くことにした。

図書館は文字通りさまざまな本が置いてあり、入館料を支払えば自由に本を閲覧できる。中には新しいレシピを獲得できる本もあったりするので、【第二の街】に拠点を移したあとは、時間が空けば訪れるようにしていた。なお、本を読むには【言語学】スキルが必要となるため、そのスキルブックも初回利用時に購入しておいた。

今日はとくに新しいレシピなどの収穫はなかったが、目的もなく本を読んでいればこんなものだろう。さて、そろそろ夕食の支度をしなければいけないし、ログアウトしなきゃな。

---

「ごちそうさまでしたー」

夕食を食べ終えた遥華が元気に言う。

「そういえば、確か今日だったよね、お兄ちゃんのクランホームが完成するの」

「ああ。早くログインしたいから、お風呂は先に入らせてもらうぞ」

「おっけー。あと、後片付けもわたしがやっておくから、お兄ちゃんは先にお風呂入っててていいよ」

遥華の提案は本当にありがたいが、なにか裏がありそうだ。

「それは助かるが、なにか企んでないだろうな？」

「企んでることなんてないよ。あ、でも、あとでお兄ちゃんのクランホームに遊びに行く予定だから、よろしく」

「それくらいなら、構わないけどな。今日は基本的に商品はおいてないぞ。本格的な稼働は、明日から。店舗部分の稼働は更に先だ」

「本当に遊びに行くだけだから、気にしないって。あ、ドワンさんには装備の発注するかもだけど」

「はいはい、わかった。それじゃ、お風呂先にもらうぞ」

そして、俺は寝る支度を済ませると、本日二回目のログインをするのだった。


---

時刻を確認するとゲーム内時間で午前五時半過ぎ。ゲーム内時間と現実時間は流れが違うため、ゲーム内ではまだ未明の時間だ。なんだかんだで、結構遅くなってしまったようだ。遅れた分も取り戻すため、俺はクランホーム前まで急いで移動する。

クランホーム前には、クランメンバー全員がそろっていた。

「おう、来たかトワ。ずいぶん遅かったのう」

「ちょっと寝る支度を調えるのに手間取ってな。そういう皆は、早かったみたいだが」

「それはね。クランホームの完成なんてイベント、見逃すわけにはいかないでしょ」

「そーそー。βのときは、クランホームの場所とか外見を選んだら、すぐに完成して味気なかったしねー」

「やっぱり、こういうのには、私も興味あるから」

クランホームの完成は、ゲーム内時間で午前六時。

いま現在、目の前の建物にはブルーシートのようなものが全体を覆っており、中の様子は窺えない。ここにいる全員が、これがどういう風にクランホームになるのかを楽しみにしていた。

そして、ゲーム内時間午前六時。

目の前の建物から光の渦《ブルーシート》が巻き起こり、下から少しずつクランホームが見えはじめる。光の渦は三十秒ほどで消え去り、クランホームが完全な姿を見せた。

この演出にはクランメンバーも満足げな表情だった。

「おおー。なかなか派手な演出だったねー」

「うむ。わざわざ見に来た甲斐《かい》がある、というものじゃわい」

「そうね。それじゃあ中に入りましょうか」

完成したクランホーム内に全員で入ってみる。正面入り口を入ってすぐの場所は、事前に設定した通り、店舗スペースとなっていた。

「うん、事前に設定したとおりね。それじゃあ、手分けしてほかの場所も確認してみましょうか」

柚月の言葉にうなずき、各自バラバラに確認作業へと向かう。

このクランホームは、一階を商店用の店舗スペースと生産活動用の工房、それから休憩スペースを兼ねた談話室。二階は打ち合わせや来客対応をするときに使う応接間や会議室など、三階は各クランメンバーの個室となっている。

俺はユキに三階の確認を任せ、二階の各部屋をまわってきた。

応接間や打ち合わせスペースは、最低限の椅子やテーブル、ソファの類いはあるけど、あくまで最低限といった品質だ。まだ、飾りになるようなものもなにもないので、殺風景にもほどがある。これでは、無骨とすら言えないだろう。

「ふむ。家具や調度品をどうするかも、一度話し合わなきゃダメだなぁ」

今後のことを考えながら歩いていると、三階の確認を終えたユキが戻ってきた。

「あ、トワくんも確認終わったんだ。そっちはどうだった？」

「一言で言うなら殺風景だった。そっちは？」

「とりあえず、ベッドと机と椅子、ランプが置いてあるって感じかな」

と苦笑いをもらすユキ。個室のほうも、最低限のものしか置いてないようだ。

「とりあえず、一階に戻って皆と合流しようか。皆ももう戻ってるだろうし」

「うん、そうしよう」

そして一階に戻ってくると、一階の確認をしていた三人が商店スペースの飾り付けをしていた。

「戻ったわね、トワ、ユキ。そっちはどうせ最低限の物しかなかったんでしょ？　とりあえず、こっちを手伝ってくれるかしら」

「はいよ。それで、俺たちはなにをすればいい？」

「商品見本の配置《設置オブジェクト》をお願い。どうやら、自分に登録されているレシピの物しか、見本として設置できないみたいなのよね」

「了解。俺が薬でユキが料理を担当すればいいんだな」

「ええ、それでお願い。あ、料理はそっちのショーウィンドウの中にお願いね」

「はい、わかりました」

各自手分けして店舗の飾り付けを行う。飾り付け作業が終了したのは、ゲーム内時間午前八時ごろだった。

「思ったよりも時間がかかっちゃったわね……これからどうする？」

「うーん、そうだな。これからクランホームをどうするか……は、また明日にでも話し合えばいいから……お？」

メールの着信アイコンが表示される。内容を確認するとクランホームに来客があったことを知らせてくれたようだ。まだクランホームは完成してなかったから、クランメンバー以外はクランホームに入れないようにしてたんだよな。

「ん、来客だ。……相手は教授と白狼さんだな。ちょっと行ってくるよ」

「了解。それじゃあ私たちは、奥で新しい設備の使い勝手を試してくるわ。なにかあったら呼んで」

俺とユキは来客対応、柚月たち三人は設備の確認と、分かれて行動することになった。

---

「やあ、おじゃまするよ」

「おじゃまするのである」

やってきた白狼さんと教授は、街着なのか昨日の装備品より動きやすい服装をしていた。白狼さんが鎧以外を着ているのは初めて見るし、教授がラフな服装をしているのも珍しい。

そんな白狼さんと教授を応接間に通し、クラン間連携、つまりは『同盟』についての話し合いをはじめる。とは言っても、これは形式的なもので、同盟内容については事前に協議済みなのだが。

ユキは一度、一階に下りて、飲み物とお茶請けを作りに行ってくれた。

「それで『ライブラリ』としては、以前に決めた通り、消耗品類の販売と各種素材の買取についてのみの対応、ということで間違いなかったかな」

『同盟』機能で行う内容について、白狼さんが確認をする。

聞かれたことは問題なかったため、俺もそれに対して『ライブラリ』内で話し合ったことを回答した。

「はい、それで問題ありません。あと追加で、時間があるなら、修理委託も出しておいてくれれば受け付ける、って話になりました」

「修理委託か。『インデックス』は自分たちでまかなえるが、『白夜』にはうれしい話であるのではないかね」

修理委託は、装備品を登録しておけば現地に行かなくても修理可能なシステムのことだ。

『インデックス』には、生産部門もあるのでとくに必要ないだろうが、『白夜』のトップ層だと、自前での修理対応は厳しい物があるだろう。

白狼さんも、この提案には嬉しそうにしているし。

「確かに。僕たちも、自力で修理できるようにがんばっているが、装備品の品質がよすぎてなかなか手が回らないからね。少し時間がかかってでも、修理委託を請け負ってもらえるなら助かるよ」

「じゃあ、消耗品の販売と素材の買取、それから修理委託ってことで。『インデックス』もついでだから、いちおう修理委託も行えるようにしておいたら？」

「……うむ、そうであるな。必要がなければ使わないですむこと。我々も、その内容で構わないのである」

「了解っと。……それじゃあ、同盟申請しておいたから内容を確認して、問題がなければ承認よろしく」

　事前に決めていた内容に加えて、修理委託について追加して同盟依頼をふたりに送る。

「うん、この内容で間違いない」

「確かに。では、承認したのである」

　ふたりとも承認してくれた模様で、クランの『同盟』の項目に『インデックス』と『白夜』の名前が追加されていた。

「それじゃあ、取引品のリストは、またあとで作成しておくから確認してくれ。素材の買取は今日中に、販売のほうも明日中には作製しておくからさ」

「わかったよ。……ところで例の品物については、やはりクラン間取引ではなく、個人で持ち込んだほうがいいのかな？」

『白夜』には俺が個人で依頼している素材がいくつかある。

　さすがにそっちはクラン間取引に混ぜてしまうわけにはいかないな。

「できれば、個人取引のほうがありがたいです。集めてるのは、個人的な理由であって、クランとはまったく関係ない話ですから」

「……それならば、トワ君と『白夜』との間で個人契約を結ぶのはどうかな。正式版からだけど、同盟と同じような契約を、個人に対しても登録することが可能になったからね」

「へぇ、それは知りませんでした。それじゃあ、そっちを結んでおきます。練習用も考えれば、結構大量に素材が必要ですし」

そういうわけで、俺と『白夜』の間に個人契約を結ぶ。こちらも、メニューの一覧から同様の操作ができるみたいなので、あとで買取リストを作っておこう。

「それじゃあ、同盟についての話し合いは、これで終わりということでいいかな」

「はい。わざわざ足を運んでもらって、ありがとうございます」

同盟についての話し合いも終わり、あとはのんびりと過ごすだけだ。

もっとも、作ったばかりの部屋なので、面白いものはなにもないのだけど。

「なに、気にすることはないのである。……それにしても殺風景な部屋であるな」

「ちょっと、教授。クランホームの標準施設なんて、そんなものだろう」

「ああ、バカにしたわけではないのである。『ライブラリ』のことだから、事前に家具類も作っているのではないかと思っていたのでな」

「ああ、それは僕も思ったよ。このクランでは家具の自作はしないのかい？」

『ライブラリ』が生産系クランだからといって、すべての生産アイテムに手を出しているわけではない。性能が関わってこない分野、とくに家具のようなものは、いま残っているメンバーは作っていなかった。

「さすがに、家具の作製まで手を伸ばしませんよ。人数が多かった昔ならともかく、それじゃなくても、それぞれの分野だけで手一杯なんですから」

家具作製まで、自力でやると思われても困る。

「ふむ。そういうことならば、この新築祝いも無駄にならずにすみそうであるな」

「新築祝い？」

「人数分の【家具作製】スキルのスキルブックである」

……この教授は、なにを送りつけようとしているのかな。

「いや、だから。【家具作製】まで手を伸ばす予定はないって」

「手を伸ばさなくとも、覚えておいて損はないのである。スキルを使わなければ、成長しないだけであるしな」

確かに、スキルは覚えても使わなければレベル1のままになるだけだ。レベル1のスキルだと、ステータスもほぼ変わらないので、本当に覚えているだけになってしまうのだが。

「それはそうだけども……」

「それに、この手の趣味スキルであれば、素材を選んで魔力を流し込んでピカッで終わりである。いちいち手間暇かけて作る必要はないぞ？」

「え、そんな仕様だったの？」

家具を作製したことはなかったので、作り方は知らなかった。

「うむ、デザインを変更しないのであればそれだけである。なので、気兼ねなく受け取り、適当に家具をそろえるのである。あと、壺などの陶磁器類も【家具作製】の範囲である」

そのようなことを言いながら、俺に人数分のスキルブックを渡してくる教授。まあ、あっても困るものじゃないし、もらっておくか。

しかし、応接間で話をはじめてからそれなりの時間が経ったが、ユキが戻ってきていない。お茶とお菓子を用意するだけなら、ここまで時間がかかるとは思えないのだけど。

「ユキが戻ってこないから、ちょっと様子を見に行くよ」

「ああ、僕たちのことは気にしないでくれ。もうそろそろ帰ろうと思ってたところだから」

「うむ、今日は同盟の話をするために来ただけであるのでな。ユキのお嬢さんにもよろしく言っておいてくれたまえ」

俺に続いてふたりも席を立つが、そこに柚月からクランチャットが飛び込んできた。

『クランホーム前でトラブル発生。全員集まって』

「どうしたのかね。トワ君、不穏そうな顔をして」

「どうやらトラブルらしい。悪いけどふたりは……」

「トラブルの内容がわからないが、いちおう僕も一緒に行こう。なにかの役に立つかもしれないからね」

「うむ。私も同行するのである」

どうやらふたりも付き合ってくれるらしい。

それじゃあ、クランホーム前に急ごうか。

クランホーム前は、一種騒然としていた。

黒ずくめの鎧を着た一団が、ユキや柚月といった、うちのクランメンバーを半円状に取り囲むように立ちふさがっている。黒ずくめの男たちのボスと思われる男と柚月が、なにやら口論をしているらしいが、それにしても空気がピリピリしているな。

「ああ、来たわね、トワ。こいつらが私たちのクランの邪魔をしているから、お引き取り願おうと思っていたところよ」

柚月が簡潔にいまの状況を説明してくれるが、黒ずくめの男たちのひとりが口を開く。

「なにを馬鹿げたことを言ってやがんだ！　俺たちは『漆黒の獣』だぞ！　俺たちが同盟を結べと言っているんだ、同盟を結んで当然だろう！」

ああ、やっぱりこの連中は『漆黒の獣』か。黒ずくめの鎧装備で見当はついてたけど、このクランにはバカしかいないのだろうか。

『ちなみに、GMコールと動画保存は？』

『勿論、最初からばっちりよ』

『それで、なんでこんなことになっているんだ？』

柚月、およびユキから説明を受けると、次のような内容だった。

お菓子を作ろうとユキが料理用スペースに行ったところ、材料のうちいくつかが使い切ってしまっていた。それで、足りない材料を街まで買いに行こうとしたところ、休憩に出てきた柚月と遭遇。そのまま、ふたりで街まで買い物に行く話になって外に出てみると、柄の悪い連中がクランホーム前に陣取って通行妨害をしていたというわけだ。

柚月はすぐに、ユキに対してGMコールと動画保存を開始するように伝えた。

そんなバカどもの様子を窺っていると、この集団の代表の男が話しかけてきて「我々のクランの傘下に入れ」と突然言い出してきたらしい。

わけのわからないことを言い出した相手に、いちおう、柚月が説明を求めると周囲の連中が「弱小クランは強者である我々のもとに入るのが正しい」だの「すべてのクランは我々のもとに集まるのが当然なのだ」など、理由になっていない理由を口々に叫びだしたという。

それで埒《らち》があかなくなった柚月が、クランチャットで援軍を求めてきた、というのがここまでの流れらしい。

いま現在も、取り巻き連中からの意味不明な言葉は続いているが、あまりにもうるさいため内容までは聞き取れない、というよりも聞くつもりがない。

正直、この手のバカの相手は疲れるから相手にしたくないのだが、いちおうクランマスターとして対応しないわけにもいかないだろう。

勿論、俺もGMコールをしてからだが。

「それで、俺がこのクランのクランマスターなわけだが。結局のところ、お前さんたちはなにがしたいんだ？　クランへの誹謗中傷なら、普通にGM案件なのだが」

『GM案件』という言葉に何人かがひるんだようだが、相手のクランマスターらしき男は、意に介《かい》さずこちらに話しかけてきた。

「GM案件とは物騒なことを言ってくれるじゃねぇか。それにしても、こんなガキがこれほど豪華なクランホームの主とはな。よし、お前たちは即刻俺たちの傘下に入り、この建物は俺たちが使わせてもらうぜ」

こいつは、いったいなにを言っているのだろう。理解できない言葉にあっけにとられていると、このバカは言葉を続ける。

「おい、聞いているのか、ガキ。わざわざ『漆黒の獣』のマスターである、漆黒様が足を運んでやったんだ。さっさと俺たちの配下になれよ、ガキ」

人のことを、ガキガキうるさい男だ。言っていることは、自分たちのほうがよっぽどガキの理屈だろう。

「悪いけど、お前たちのようなバカどもと取引するつもりはないよ。これでもうちは生産系クランなんでね」

「ああん？　たかが生産クランの連中が俺たちに楯突くつもりか？　いいぜ、なんだったらテメエらのクラン活動ができないようにしてやってもいいんだぜ？」

はい、GMへの通報内容ひとつ追加と。GMからはすでに申請内容の受理と、今後の対処についての相談メールが返ってきている。

つまり、いまの時点で、すでに処分するのに十分な証拠はそろっているということだ。

それを、俺はあえて待ってもらって、いまも『漆黒の獣《バカ》』の相手をしているというわけだ。

「それで、お前たちは具体的になにをするつもりなんだ？　返答次第によっては許すつもりはないんだが」

「そんなもん決まってるだろ。テメエらが泣いてわびてくるまで徹底的に邪魔してやるだけだよ」

ふう、もういいか。これだけの証拠がそろえば運営も相当厳しい罰を下してくれるだろう。

「わかったよ、もういい。お前らとは、これ以上話しても時間の無駄らしいからな」

「ああん、それはどういうい――」

そこまで言葉を発したところで、突然男の体は消えてしまった。

それだけではなく、取り囲んでいた『漆黒の獣』の面々も一緒に一瞬で消えてしまっていた。

その謎の現象に周囲がざわつくが、そんな中、ワールドアナウンスがプレイヤー全員に届いた。

《皆様〈Ｕｎｌｉｍｉｔｅｄ　Ｗｏｒｌｄ〉をご利用いただきまことにありがとうございます。現在、クラン名『漆黒の獣』による、多くの迷惑行為の報告が寄せられている状態となっております。そのため『漆黒の獣』のメンバー全員を一時的にアカウント停止処分とした上で、過去のログも参照し正式な処分をさせていただきます。正式な処分が決定し次第、公式サイトのお知らせ一覧にて報告させていただきます。今後も〈Ｕｎｌｉｍｉｔｅｄ　Ｗｏｒｌｄ〉の世界をお楽しみください》

ずいぶんと長々としたお知らせだったが、これで『漆黒の獣』絡みの問題は解決に向かうだろう。

これ以上、あんなバカにつきあってられないからな。

しかし、それにしてもクラン全員をアカウント停止処分とはなかなか思い切った手段に出たな。

これは、俺たちが関わった件以外でも、相当数の報告が上がっていたのだろう。

この手のゲームの運営としては、かなり過激な対処だが、ここの運営はハラスメント関係や恐喝、誹謗中傷などには非常に厳しいからな。

それにしても、クランホーム完成初日から、かなり目立つ羽目になってしまった。

そんな状況を、上手く利用してみせる商魂たくましい人間がひとりいた。柚月だ。

「はいはい、お集まりの皆さん。騒がせちゃってごめんなさい。ここは私たち『ライブラリ』のクランホームです。一階は店舗スペースとなっていますので、正式オープン後、ぜひお立ち寄りください。開店は、現実時間で明後日の夜を予定しています。それではよろしくお願いします」

この状況でお店の宣伝とか、さすが柚月。

何人かは『ライブラリ』のことを知っているらしく、かすかなざわめきが起きる。

そんな群衆の中から、人影が飛び出してくる。

妹のハルと友人のリクのパーティのようだ。

「よう、トワ。なんだか完成初日から大騒ぎになったみたいだな」

「さすがお兄ちゃん。そういうところは外してこないよね！」

ふたりしてなかなかの言いようだ。

「後ろのメンバーはふたりのパーティメンバーか？　とりあえず、立ち話もなんだし、クランホームに入るぞ」

「おっと。騒ぎも落ち着いたようだ。それじゃあ、僕はそろそろ行かせてもらうよ」

「うむ、私も失礼するのである」

先ほどから、事態を静観していた白狼さんと教授が帰っていく。それと入れ替わりで、ハルとリクのパーティをクランホームに招待することとなった。


---

さて、ユキと柚月は今度こそ、お茶菓子の材料を買いに出かけて行った。

応接間は、この人数《十三人》だと狭いので会議室で話をすることとなった。

「そういや、トワに俺のパーティメンバーを紹介するのは、初めてだっけか」

言われてみれば、確かにリクのパーティメンバーとは初対面だ。それから、ハルのパーティでも会ったことのないメンバーがいる。

「ああ、ついでに言えばハルのパーティメンバーも増えてるから、自己紹介から始めないとな。というわけで、俺はトワ。ハルの兄で、リクのリア友、そして、このクラン『ライブラリ』のクランマスターをしてる」

続いて、ハルパーティがそれぞれ自己紹介を始める。

「わたしはハル。トワの妹で魔法剣士だよ。よろしくね」

最初は、我が妹様のハルだ。前にゲーム内で会ったときに比べて、かなり立派な剣を持っている。俺よりもかなり先の方まで進んでいるから、装備の更新も頻繁に行っていたのだろう。

「サリーです。重剣衛士《ヘヴィディフェンダー》です。よろしくお願いします」

次はハルの友人、サリー。前回会ったときはゲームを始めたばかりの初心者装備なので、かなり装備がかわっている。職業も上位職になっているあたり、ゲームに慣れてきているのかな。

「カリナだよ。斧闘士《アックスファイター》だよ！」

三人目はβのころから妹のパーティメンバーだったカリナ。昔は俺ともよく一緒に遊んでいたので、見知った仲だ。ジョブもβのときと同じものを選択しているらしい。

「私はセツ。盗賊《シーフ》です。よろしく」

「椿《つばき》です。魔術士をやっています。よろしくお願いします」

「柊《ひいらぎ》だよ。治癒術士。よろしくー」

残りの三人は初めて見る顔ぶれだ。セツはこのゲームでは珍しい、盗賊職らしい。

椿と柊はよく似た顔立ちだが、実際に双子だそうな。彼女たちも見た目通りなら、まだ学生だと思う。

それにしても、ハルのパーティは全員女性か。普段はさぞ目立つだろうな。

そして、次はリクのパーティの番だ。

「俺はリク。さっき出かけていったユキ姉の弟でナイトだ。よろしくな」

最初はリクから。このパーティのリーダーも務めているらしい。普段のリクしか知らない俺からすると、少し不安だったりする。

リク以外のパーティメンバーは、初対面で間違いないようだ。

「俺の名前はダン。拳闘士《グラップラー》だ。よろしく！」

「俺はガイン。重剣士《ヘビーソードマン》だ。よろしく頼む」

ダンとガインは男性プレイヤー。ダンは高校生で、ガインは大学生らしい。

「あたしはシノン。レンジャーです。よろしく頼みます」

「私はマリエよ。ジョブは中位神官ね。よろしく」

「シャルです……魔術士をやっています……どうぞよろしくお願いします」

シノン、マリエ、シャルは女性。聞けば三人とも正式サービス開始からゲームを始めたらしい。

それなのにゲーム廃人のリクについていけるということは、かなりやりこんでいるのだろう。

全員が話し終えたタイミングで、ユキがやってきてみんなに飲み物とお菓子を配る。

「……遊びに来ただけなのに、バフ付き料理が出てくるんだ」

出された飲み物やお菓子にバフ効果が付いているのを見て、ハルがそんな言葉を漏らす。

「料理用の設備も新しくなったし、バフのつかない料理のほうが手間がかかるの。気にせず召し上がれ」

ハルやリクたちにとって、バフ付き料理は珍しいのだろうけど、俺やユキにとってはありふれたものだ。普段消費する分だけ、わざわざバフが付かないようにするのは本人が言う通り面倒なのだ。

「どっちかって言うと、狩りに行く前に食べたい物だけど……いただきます」

出されたジュースやお茶、お菓子が全部バフ付きだったことに驚きながらも、大人しく食べる一同。俺たちは、ユキの作る料理がバフ付きなのは当たり前になってきているから、あまり気にしないで食べていたんだよな。

「それで、今日はどうしたんだ。遊びに来ただけか？」

お茶菓子などを食べ終えて一息ついたところで、今日の用件を聞いてみる。

「うん、基本そのつもり。あとは、皆の顔合わせかな」

「俺のほうもそんなところだ。それよりこれ、新築祝いだ」

どうやらふたりとも基本的に大した用事はないらしい。それから、トレードで表示されたアイテム類は、まだ俺たちが行くことができないエリアの素材アイテム類だった。

「ん。助かるよ。素材はいくらあっても多すぎることはないからな」

「じゃあ、お兄ちゃん。こっちはわたしたちからね」

ハルからも素材アイテムが送られてきた。

「そういえば、さっきの自己紹介を聞く限り全員二次転職済みか？」

このゲームでは、最初の「見習い～」という職業は零次職として扱われている。

そのため、二次職と言えば『二回上位職に転職をした』ということになる。

「そりゃあね、これでもわたしたち、普段は王都をメインに活動してるから。二次転職してないときついよ」

「それで、わざわざこっちに顔を出した本当の理由は？」

「『ライブラリ』装備品の製作依頼を、お願いしたくてきました」

ハルが正直に本音を漏らす。

「別に俺たちじゃなくても、腕のいい職人ならほかにもいるだろう。実際、ハルたちに装備を渡したのなんて最初の一回だけだし」

ハルにしろリクにしろ、レベルや進行具合は俺よりも数段上だ。相応の回数、装備を更新しているはずなのに、この段階で改めて装備を依頼してくる必要はないはずである。

「そうなんだけど、いままで懇意にしてた装備職人さんたちじゃ、いまのところ結構厳しくなってきてるんだよね。王都を過ぎたあたりの敵だと、もうきついし」

ハルの言葉に出てきた王都は、五番目に行くことになる街だ。そこまでたどり着いてるなら、職人のほうも十分に腕がいいと思うのだが。

「いままでの装備職人たちは、なんて言ってるんだ？　顧客を取るような真似をするつもりはないぞ？」

「現状のままじゃ、これ以上の装備を作るのは難しいって。そこで、『ライブラリ』ならなんとかしてくれるかなって思って」

……どうやら、普段依頼している職人が頭打ち状態らしい。それで、俺たちを頼ってきたというわけか。

ハルたちの装備は俺の管轄じゃないから、柚月やドワンたちには自分から依頼してもらおう。

「はぁ、わかった。とりあえず装備のことは、ほかの皆に伝えておくから、可能かどうかはそっちに聞いてくれ」

「やった！　ありがと、お兄ちゃん！」

リクのほうにも事情を聞いてみた。だが、同じような内容だったので、装備方面は残りの三人に伝えておくことにする。

「それでお兄ちゃん、クランの機能で、同盟と同じような機能があるって聞いたんだけど……」

個人契約のことかな？　あれなら相手がパーティでも代表者を決めてもらえば結べるし。

「ああ、あるな。……なんだ、お前たちも結びたいのか？」

「わたしたちもってことは、ほかにも誰かと結んでるの？」

「『白夜』と『インデックス』相手に結んでるな。個人契約を結びたいなら結んでもいいけど、パーティ単位じゃなくて個人相手だからな。誰と結べばいいのかは、そっちで決めてくれ」

個人契約の難点はパーティ単位で結べないことだ。

パーティ全員と取引できるようにするには、全員と別々に設定をしなくてはいけないので正直面倒である。

「あ。わたしたちは、わたしでいいよ」

「俺たちも俺だな。いちおうリーダーだし」

俺は、ハルとリクとの間で個人契約を結ぶことにする。

あちらとしては回復薬などを売ってほしくて、素材は買い取って欲しいとのことだった。

売買価格については、それぞれ話し合って決めることとなった。

そして、ハルとリクのパーティは柚月たちと話をした結果、素材持ち込みでオリジナル装備を作製するということになったらしい。

「これでまた金欠になったから、素材の買取よろしくね！」とはハルの言葉である。

その後、俺たち『ライブラリ』は集まり、同盟や個人契約での売買する品々や販売・買取価格を相談してリストを作製し、今日はログアウトとなった。

……結局この日は、俺はポーションを作製する時間がなかったのは余談である。

## 漆黒の獣被害対策掲示板Part2

---

1. 名無しの異邦人
このスレは悪名高きクラン【漆黒の獣】の被害情報共有および対策スレです
情報提供をお願いします
次スレは >>980 が建てること
前スレ （URL）

・
・
・

323. 名無しの異邦人
昨日の一件以降漆黒のケダモノをあまり見かけなくなったがなにがあった？

324. 名無しの異邦人
>>323
ケダモノってwww
俺もわからん
このまま大人しくしてくれればいいのだが

325. 名無しの異邦人
運営からクランメンバー全員に警告が届いたらしい
『お前らんとこのメンバーが迷惑行為繰り返してるんだけどケンカ売ってる？』
的な内容がものすごく丁寧に書かれてたらしい

ソースは無理矢理漆黒の獣に加入させられてた俺のフレンド
なおそいつはすでにクラン脱退済み

326. 名無しの異邦人
>>325
報告あり
しかし運営からクラメン全員に対しての警告か
運営も本腰入れてきたってことだよな

327. 名無しの異邦人
>>326
そうだな
つーか、昨日１日だけで２回も運営がこのスレに降臨してるんだ
それだけ中止されてるってことだろうよ

328. 名無しの異邦人
>>327
中止してどうするｗ
まあ言いたいことはわかるが

329. 名無しの異邦人
とりあえず油断せずに人の多いところでなにかないか監視だな
俺は第２の街の広場に行ってくる

330. 名無しの異邦人
>>329
だな
俺は始まりの街の冒険者ギルド前にいてくる

331. 名無しの異邦人

皆動くのはえーな

332. 名無しの異邦人
>>331
そんだけ皆この機会に潰してしまいたいんだよあいつらのこと

333. 名無しの異邦人
キリ番ゲット
>>332
わかるわその気持ち
ってわけで俺も適当にぶらついてくるわ

・
・
・

366. 名無しの異邦人
今日はなにも起こらないな
さすがにあのバカどもでも昨日の今日なら大人しくしてるか？

367. 名無しの異邦人
>>366
その予想を上回ってくるバカだから始末に負えないだよ、あいつら

368. 名無しの異邦人
おいお前ら奴らが現れたぞ

369. 名無しの異邦人
367 が余計なこと言うから……
>>368

どこに出たんだ

370. 名無しの異邦人
第２の街の中央広場から北門側に向かう通り沿いに建築中みたいな建物があっただろ
そこがいまブルーシート取り除かれてたんだが、その前に漆黒の獣の幹部が雁首揃えて女性２人に因縁つけてる

371. 名無しの異邦人
>>370
建築中の建物は記憶にないが場所はだいたいわかった
それで通報済みか？

372. 名無しの異邦人
>>371
ばっちり通報してある

373. 名無しの異邦人
>>372
通報だけかよ昨日の白狼さんみたいに止めに入れよ男だろ

374. 名無しの異邦人
>>373
悪いが俺は女だ
と言うか、止めに入る意味ない

375. 名無しの異邦人
>>374
お前女だったのか
で、止めに入る意味がないってなんでだ？

376. 名無しの異邦人
俺氏現場到着そして GM コール
>>375
確かに彼女なら止めに入る意味ないな

377. 名無しの異邦人
俺も現場に着いたそして GM コール
>>376
どうして止めに入る意味ないんだ？
可愛い女性２人だろう

378. 名無しの異邦人
俺も着いたので GM コール
そして止めに入る意味ないってのもわかた
彼女【鉄腕裁縫師】じゃねーか w

379. 名無しの異邦人
>>378
鉄腕裁縫師？　カリスマデザイナーじゃないの？

380. 名無しの異邦人
遅れて到着した俺も GM コール
>>379
どっちも正しい
同じ人物を指す二つ名だ

381. 名無しの異邦人
【鉄腕裁縫師】に【カリスマデザイナー】って言ったらライブラリの柚月じゃねーか w

よりにもよって彼女にケンカ売ってんのかよ www

382. 名無しの異邦人
柚月？　誰それ？　教えてえらい人

383. 名無しの異邦人
>>382
ライブラリってクランのサブマスター
怒ると恐い姐御様

384. 名無しの異邦人
>>382
クラン『ライブラリ』サブマスター柚月
ライブラリってのはβのときに一時期超一流の職人十数名が集まってできたクラン
で、そこのサブマスターが柚月
カワイイ顔してなかなかやり手の商売人なので【鉄腕裁縫師】
オーダーメイドのオリジナル服のデザインがすばらしいので【カリスマデザイナー】
ほかにも【姐御】とか【お姉様】とか呼ばれたりもする強い女性
ぶっちゃけ敵に回したら痛い目に合う相手

385. 名無しの異邦人
>>383－384
解説あり
つまりとんでもない相手にかみついてるということか

386. 名無しの異邦人
>>385
一言でいえばそういうこと

というかだ、そうなるとあの建物はライブラリのクランホームか？
そして隣の女の子はだれだ？
凜としてて可愛いんだがライブラリにあんな子いたか？

387．名無しの異邦人
>>386
俺も知らん
ライブラリは４人体制になってからは人の増減はなかったはずだが

388．名無しの異邦人
>>386
俺にもわからん
あれだ。新人とかじゃないか？
４人であんな立派な建物は広いだろ

389．名無しの異邦人
>>388
ライブラリは新人を入れないことでも有名だった
正式サービスになってから話を聞かなかったからなんとも言えんが

390．名無しの異邦人
隣の女の子も肝が据わってるな
全然びびってる様子がないぞ

391．名無しの異邦人
>>391
それな
おまえら同じ状況でびびらない自信ある？
俺は超びびると思う

392. 名無しの異邦人
お、俺は平気だし！（震え声）

393. 名無しの異邦人
お、俺だって（ry
お、動きがあったみたい
中から誰か出てきた

394. 名無しの異邦人
ドワーフと……あれはハーフリングだな。誰だ？

395. 名無しの異邦人
柚月姐さんの声が拾えた
ドワンとイリスちゃんだって

396. 名無しの異邦人
え、イリスちゃんはわかるが、あのひげ面のドワーフがドワン？
βのときはめちゃくちゃイケメンだったじゃねーか

397. 名無しの異邦人
>>396
どうやらドワンで間違いないっぽい
というか、いい声でオヤジくさい口調で話すなドワンｗ
めっちゃロールプレイ入ってるじゃねーかｗｗｗ

398. 名無しの異邦人
ドワン？　イリスちゃん？　誰か教えて（ry

399. 名無しの異邦人
イリスちゃん正式版でも可愛いよイリスちゃん

400. 名無しの異邦人
【鉄骨鍛冶師】ドワン
クラン『ライブラリ』の鍛冶師
もとはイケメンで巨大なハンマーを振り回して戦っていた
いまはオヤジドワーフに転生した模様
【木工細工師】イリス
クラン『ライブラリ』の工芸・木工担当で皆の妹
興が乗るとすごい細かい細工を彫り込んだ弓や杖を作ってくれるカワイコちゃん
【隠密】で気配を消して【奇襲】で仕留める戦闘スタイルから【サイレントシューター】とも呼ばれてた
でも運動はあまり得意じゃなくて奇襲に失敗すると戦闘は苦手って言ってた
あと、【細工】スキルは持ってないからアクセサリー装備は木製しか作れないって言ってた

401. 名無しの異邦人
>>399
キモイ
>>400
あり
イリスちゃんのほうがやたら詳しい理由を知りたい

402. 名無しの異邦人
>>401
イリスちゃんはその辺のガードが甘いから自分のこといろいろ話してくれる
そのせいで柚月お姉さんやトワお兄さんがやきもきしてることが多々あった

403. 名無しの異邦人
しかし、これであの建物はライブラリのクランホームは確定だな
あと、出てきていないのはクラマスのトワだけか
そしてあの猫耳女の子もライブラリの関係者らしいな

404. 名無しの異邦人
トワ出てこないなんて珍しいな
こういう時は一番最初にケンカを買うと思ってたが

405. 名無しの異邦人
>>404
単に不在の可能性が微レ存
あ、また人が出てきた
っていうかあとから出てきた３人のうちふたり【蒐集家】と【白騎士】じゃねーかｗ

406. 名無しの異邦人
また柚月姐さんの声を拾えた
あの狐獣人がトワらしい

407. 名無しの異邦人
あれがいまの【爆撃機】のアバターか"φ（゜□゜＊（゜□゜＊）φ"　メモメモ
っていうか昨日の件と言いこの３人はなにしてるんですかねｗ

408. 名無しの異邦人
すみません、誰かトワって人についても教えて下しあ

409. 名無しの異邦人

【爆撃機】トワ
βのときのトップ攻略者のひとりで生産者クラン『ライブラリ』クラマスになった謎の人物
トップ攻略者のひとりだったけど生産方面でも有名で高性能な薬や爆弾を作ってたことから【魔法薬師】とか【爆弾魔】とも呼ばれる
ちなみに【爆撃機】はβのときにあった武闘大会で優勝したときについた二つ名な

410. 名無しの異邦人
>>409
毎度詳しい説明あり
なんか黙って相手の言うこと聞いてるけどああいう性格なの？
さっきまでの話だと食ってかかりそうなんだけど

411. 名無しの異邦人
>>410
おそらくクランチャットで状況確認してると思われ
あんなに言いたい放題言われて黙っているタマじゃないｗ

412. 名無しの異邦人
お、動いたな
そしていきなり煽りよるｗ

413. 名無しの異邦人
さすが爆撃機ｗ
期待を裏切らないｗｗｗ

414. 名無しの異邦人
ってか、漆黒の獣連中、GM コールされてないと思ってるの？
GM コールするって言ったらめちゃびびってるんですけどｗ

415. 名無しの異邦人
>>414
それすらもわからないようなお子ちゃまでバカだってことだよ>漆黒の獣

416. 名無しの異邦人
しかし、クラマス同士が出てきたことでヒートアップしてきたな、漆黒の獣がｗ

417. 名無しの異邦人
ライブラリのメンバーは落ち着いてるよなぁ
……イリスたんの怯え顔見たかったです

418. 名無しの異邦人
>>417
帰れ変態

419. 名無しの異邦人
漆黒の獣のクラマスが直接的な脅しに出てきたな、こりゃ完全に利用規約違反ですわ
ついでにクラマスの名前が漆黒で失笑

420. 名無しの異邦人
自分の名前をクラン名に入れるとかｗｗｗ
どんだけ自分好きなんだよｗｗｗｗｗ
って、漆黒の獣どもが消えたｗ

421. 名無しの異邦人
>>420

まじか

422. 名無しの異邦人
マジマジ
あれは強制ログアウトですね
って、今度はワールドアナウンス来たｗ

423. 名無しの異邦人
キタ━━（゜∀゜）━━！！

424. 名無しの異邦人
ワールドアナウンス案件とかどんだけやらかしてんだよ漆黒の獣ｗｗｗ

425. 名無しの異邦人
クランメンバー全員をアカウント一時停止っていうのも前代未聞だぞｗ

426. 名無しの異邦人
それだけの案件ってことだろう
とりあえず運営ＧＪ！

427. 名無しの異邦人
ＧＪ！

428. 名無しの異邦人
……いま気がついたんだけどさ、昨日の一件もライブラリ、と言うかトワ絡みだったよな

429. 名無しの異邦人

>>428
確かに教授がそんなこと言ってたな

430. 名無しの異邦人
>>428－429
ログ見てきた
昨日の一件について女の子２人を見つけたのがトワらしい
そして今日の一件もトワがとどめを刺した

431. 名無しの異邦人
なあ、これってトワが漆黒の獣退場させたってことじゃね？　クランごと

432. 名無しの異邦人
俺らができなかったことを２日でやり遂げたのか、さすが【爆撃機】
漆黒の獣を爆撃していきおったｗ

433. 名無しの異邦人
誰が上手いことを言えとｗｗｗ
だがトワもマジＧＪ！

434. 名無しの異邦人
トワＧＪ！
でも、本人は掲示板で騒がれていることをまったく知らないはず

435. 名無しの異邦人
そなの？　掲示板ぐらい読むんじゃね？

436. 名無しの異邦人
それがよほどのことがない限り掲示板は開きもしないらしい

ソースは教授
なので掲示板情報は教授や柚月を経由してトワの耳に入るかどうからしい

437. 名無しの異邦人
>>436
ソースは教授の説得力が半端ない件
お、姐御からなにか発表があるみたいだぞ

438. 名無しの異邦人
ライブラリのお店オープンキタ――(゜∀゜)――！！

439. 名無しの異邦人
>>438
え、マジ？

440. 名無しの異邦人
>>439
マジマジ
現実時間明後日の夜オープンだってさ

441. 名無しの異邦人
こんな時でもお店の宣伝をぶちかましてくる姐御
さすが鉄腕裁縫師w

442. 名無しの異邦人
ライブラリのお店ってことは半端な品物は置いてないってことだろうな

443. 名無しの異邦人

そりゃそうだろ
なんて言ったってあのライブラリだぞ

人数が少ないからって半端な品を取り扱うとは思えん

444. 名無しの異邦人
キリ番げと
きっと品質★４以上は堅いな

445. 名無しの異邦人
こうしちゃいられねぇ、ちょっと雑談スレや攻略スレにも宣伝あったこと書いてくる

446. 名無しの異邦人
>>445
雑談スレはわかるが攻略スレもか？
さすがに板違いで怒られるんじゃね？

447. 名無しの異邦人
>>446
クラン『ライブラリ』として売り出される品物だ
きっとガチ攻略組でも欲しがるような逸品を取りそろえてるに違いない
っていうか、教えないとそれはそれで文句言われそうｗ

448. 名無しの異邦人
>>447
それほどなのかライブラリの品物って

449. 名無しの異邦人

>>448
βのときはガチ攻略組のご用達クランだった
それでわかるな？

450. 名無しの異邦人
>>449
おけ、理解した
でも、宣伝してまわったら俺らが買う分なくならね？

451. 名無しの異邦人
>>450
たとえ俺らの取り分がなくなったとしても宣伝して差し上げるべきだろう
なにせ俺らの悲願を叶えてくれた大恩人のクランなんだからな

452. 名無しの異邦人
>>451
それもそうだな
引き留めてすまんかった

453. 名無しの異邦人
>>452
わかればいいってことよ
それじゃあ宣伝行ってくるぜ

454. 名無しの異邦人
>>453
いってらー
そしてこのスレッドもお役ご免になるのかな

455. 名無しの異邦人
あとは運営の判断待ちだがとりあえずは活動終了だな

456. 名無しの異邦人
>>455
そうなるな
悲願を達成したのになぜか寂しくなるな

457. 名無しの異邦人
ああそうだな
打ち上げじゃないがいっそこの掲示板の有志で集まってどこかいかね？

458. 名無しの異邦人
>>457
悪くないな
それでどこに行く？

459. 名無しの異邦人
鉱山Ｄでよくないか？　人数次第だが

460. 名無しの異邦人
おけ　いくべし

461. 名無しの異邦人
じゃあ決まりだな
参加する人挙手で

462. 名無しの異邦人
ノ

463. 名無しの異邦人
ノ

464. 名無しの異邦人
ノ

465. 名無しの異邦人
ノ

466. 名無しの異邦人
"＼（￣＾￣）ハイ！！

467. 名無しの異邦人
のヮの）ノ

468. 名無しの異邦人
ノ

469. 名無しの異邦人
ノ

470. 名無しの異邦人
ノ

471. 名無しの異邦人
ノ

472. 名無しの異邦人
あの、第３の街開放してないんですが参加できますか？

473. 名無しの461
>>472
いいんじゃね？
どうせだから第２の街から歩いて第３の街目指すべ

474. 名無しの異邦人
異議なし
最後の宴じゃー

475. 名無しの異邦人
同じく異議なし

476. 名無しの異邦人
>>473－475
皆さんありがとうございます

477. 名無しの異邦人
>>476
いいってことよ俺たちは同志だ！！

473. 名無しの461
俺も含めて全部で12人かちょうど2PTだな
それじゃ第２の街の北門集合でよろしく

・
・
・

## 書き下ろし番外編　雪音の冬休み

「うー、悠くんたちだけずるい……」

中学三年生の冬休み、私はひとり、VRオンライン箱庭ゲームで遊んでいた。

私が遊んでいる箱庭ゲーム〈Ｂｒｅｅｚｉｎｇ　Ｆａｒｍ〉は、農場を作って家を建てたり、畑を耕したり、動物を仲間にして育てたり、装備を作って狩猟をしたりなどいろいろなことができる。始めたのは私が十歳になったころなので、もう五年以上やっていることになる。でも、サービス開始は二十年近く前らしいので驚きだ。

実のところ、このゲームで遊んでいるのは私だけではなく、悠くんや遥華ちゃん、陸斗もなんだけど、三人は、春ごろから正式サービスが始まる新作ゲームのβテスターに当選したため、滅多にこのゲームにはログインしなくなっていた。私も申し込んでいたけど、私だけ落選してしまった。キャラクターネームだけは自分の第一希望が取れたけど、あまり意味がない。

あちらのゲームが始まってから、悠くんたちは忙しそうにしている。なんでもβテスターのなかでも上位ランキングに入ろうとしているらしい。βテスト期間は私たちの冬休み中となっているので、ログイン時間的な不利さはないんだって。だけど、あちらに悠くんたちが行っているため、私が一緒に遊べる時間は減っているわけで。

　ともかく、私はこの箱庭でひたすらいろいろなことをして時間を潰している。

〈雪色パーカーが完成しました〉

　いまやっていたのは、裁縫作業。その名前の通り、衣服などを作るものだね。その機能を使って、光沢のある白のパーカーを作ったわけだけど……やっぱり空しい。このゲームの作業は自動実行と手動実行があって、それぞれ特徴がある。裁縫作業だと、手動実行は一部手縫いをするミニゲームが発生する。だけど、使う素材の数は少なくて済む。自動実行は逆で、作りたいものを選べばすぐに完成するけど、素材の量は多めになっている。

「よいしょっと。それじゃあ、畑の作物を集めに行かなくちゃ」

　完成したばかりの雪色パーカーに袖を通し、外に出る。振り返って家の外観を確認するけど、この五年ですごく立派な家になってしまった。

「……でも、あと半年くらいでお別れなんだよね」

　そう、二十年続いたこのゲームもサービス終了のお知らせが遂に発表されてしまった。サービス終了日は四月末日。そのあとは、オフライン版が準備されていて、ひとりで農場を管理することになる。多人数でも遊べるけど、その場合、個人でマルチアクセス用のサーバーを準備しないといけない。なお、マルチアクセス用サーバーに同時アクセスできる人数は、六人が最高なんだって。あと、いくつかのシステムも終了してしまう。

　オンラインサービスが終了しても、いままで作ってきた農場は引き継げるけど、遊べる幅が少なくなってしまうため、プレイ人口はさらに減るだろう。のんびりしたいときには、とてもいいゲームだと思うけど、どれくらいの人が残るかな。……まあ、オンライン機能は関係なく遊んでいる人も多いから、あまり変わらないのかも。

「スノウさまー。畑のお野菜収穫できたー。ほめてー」

「スノウさまー。森でキノコ集めてきたー。ほめてー」

「スノウさまー。イノシシ仕留めてきたー。ほめてー」

「よしよし、がんばったねー」

「「「わーい」」」

私――このゲームではスノウ――の足下に駆け寄ってきたウサギさんたちを褒めてあげる。この子たちは、私がパートナーとして選択しているペットだよ。

農場では、一種類の動物さんを選んで管理や森での採取、狩猟などを任せることができる。ゲームスタート時はウサギさんとかハムスターさんとか、あまり強くない動物さんしか選べない。だけど、ゲームを進めていったり、課金をしたりすると、狼さんとか熊さんとかそういう強い動物さんも選べるようになる。

では、五年間も続けてプレイしている私が、なぜウサギさんを使い続けているかというと、同時にたくさん使うことができるからだ。それぞれの動物さんには、得意なことと不得意なこと、それから同時使用数が設定されている。強い動物さんほど同時使用数が少なく設定されていて、たとえば熊さんなんかは同時使用数が三頭しか使えない。でも、私が使っているウサギさんだと、最大五百匹まで使用できたりする。私の農場はかなり広いから、人海戦術ならぬウサギ海戦術でお世話をしないと手が回らないんだよ。

「さて、私も農場のお世話に行くから、このあともよろしくね」

「「「はーい、スノウさま、またねー」」」

後ろ脚で立ち上がり、前脚をブンブン振ってお別れをしてくれるウサギたちと分かれ、私は農機具小屋にやってきた。今日使う農機具はコンバイン。稲を収穫する大型農機具だ。広大な農場を管理するためには、このような大型農機具もバンバン使っていかなくちゃいけないんだよね。ちなみに、種蒔《ま》き――このゲームでは苗を植えるのではなく、直接種を蒔く――をするときは、トラクターを使ってやっている。

コンバインに乗り込み、田畑を目指して進んでいく。遠くでは、ウサギさんたちが遊んでいたり昼寝をしていたりする様子が見える。そんなのんびりした農場の中を移動して、田畑へと到着した。

これからお米と小麦の収穫を始めるんだけど、収穫はなにも考えずにコンバインを進めるだけで大丈夫。コンバインも最高までアップグレードしてあるから、収穫する作物を考えずに一気にやってしまえる。だからこそ、大農場を管理できるんだけどね。

ゴウンゴウンと唸るような音を立てながら、お米と小麦を収穫してしまう。収穫が終わった土地は少し休ませないといけないから、そのままにしておく。ウサギさんたちに任せておけばトラクターで耕したりもしてくれるからね。足が届かないのにトラクターが動いている様子はシュールだけど。

収穫が終わって農機具小屋まで戻ってくると、待ち構えていたウサギさんたちが、早速とばかりに収穫したお米と小麦を持っていった。これから精米と製粉をやってくれる。普通は収穫後すぐにそれらの作業はできないんだけど、そのあたりはゲームっていうことかな。

精米が終わったら、新米を使っておにぎりを作ってあげる。具材を使わない塩おにぎりだけど、うちのウサギさんたちはこれが大好物なのだ。さすがに、五百匹分を手作業で作ることはできないから自動実行で五百匹分を作り上げる。

「スノウさまー。お手紙が届いたー」

「お手紙？　誰からだろう？」

おにぎりを作り終えて配膳の準備をしていると、一匹のウサギさんが手紙を持ってきた。内容を確認するとそこには、農場バトルの宣戦布告が書かれていたよ。バトル日は一月三日。年明けかぁ。帰省とかはないけど、予定は大丈夫かな……。


---

「農場バトルか。しかし、年明け早々、このタイミングで挑んでくるとは」

「仕方ねーんじゃね、オータム。もうすぐバトルできなくなるんだしよ」

「そうそう。それに、最近スノウと一緒に遊んでなかったし、ちょうどいいって」

「そうだね。でも、三人とも、久しぶりのログインだよね」

私が挑まれた農場バトルは、個人宛てではなく『フォーシーズン農場連盟』宛てだった。『フォーシーズン農場連盟』とは私や悠くん、遥華ちゃんに陸斗、この四人の農場全体を指すものだ。

ちなみに、このゲームでは悠くんがオータム、遥華ちゃんがサクラ、陸斗がオーシャンと名乗っている。アバターは十歳のころに作ったまま手を加えてないので、全員子供サイズだ。

農場バトルなんだけど、農場同士が動物さんを使って争う陣取りゲームのこと。どれだけ支配領域を増やせるかと、相手本陣にダメージを与えられたかで勝敗が決まる。

「たぶん、バトルランキングを気にしてだろうが、今更なあ」

私たちって、このランキングで結構上位にいるんだよね。オータムくんが挑まれた理由を考え、ため息混じりにつぶやく。

「最終ランキングを意識してるんだろ？　ほんわか箱庭ゲームでもバトル勢はいるって」

「そうそう。サクッと返り討ちにしちゃおう」

オーシャンとサクラちゃんは乗り気だね。

《これよりフォーシーズン農場連盟VS．最終戦線農場連盟のバトルを開始します》

システムアナウンスが流れると同時に、簡易レーダーが表示されて、敵味方の様子が映し出される。相手の最終戦線農場連盟は、バトルランキング上位の農場十個が組んだ連盟。こちらは四つの農場だから、単純な戦力差は二倍以上なんだけど……。

「やっぱり、あちらは熊や狼のような単体戦力が高い動物で攻めてきているな」

「それもいつものことだろ。こっちもいつも通りでいこうぜ」

「……それもそうだな。猫たち、出番だぞ」

「リス。いつも通りにな」

オータムくんは五百匹の猫さん、オーシャンは五百匹のリスさんをそれぞれ進軍させた。サクラちゃんも、すでに三百匹のペンギンさんを出陣させている。

「うん、負けそうな気がしないね。ウサギさん、お願い」

そこに私のウサギさん五百匹が加わり、合計千八百匹の動物による攻撃が始まった。同時使用数が多いということは、単体では弱いということ。だけど、各自限界まで育てているので、総合的な戦力は大型動物にも引けをとらない。さらに、必ず相手一匹につき三十匹以上で攻撃するように訓練しているため、熊さん相手でも圧勝できてしまう。今回は相手勢力合計約五十匹を相手にしたみたいだけど、三十分かからずに相手本陣の制圧で勝ててしまったね。農場バトルに勝ててもとくになにもないけど、宣戦布告してきた皆さん、お疲れ様でした。


---

農場バトルが終わった翌日、地下鉄の始発を使って、北海道神宮まで初詣にやってきた。悠くんと一緒のおでかけも久しぶりだなぁ。遥華ちゃんと陸斗も誘ったけど、ふたりとも眠いからパスだって。

「……さすが神宮。この時間でも結構な参拝者がいるな」

「そうだね。さすがにはぐれそうな人混みじゃないけど、多いよね」

「だな。手でもつないで行くか？」

「うん！」

悠くんと手をつないで、お参りをする。神様には毎年お願いしていることを今年もそのままお願いすることにしたよ。

「さて、それじゃあ、お守りを買って帰るか」

「悠くん、くじは？」

「引きたいなら引いてもいいかな」

「それじゃあ、引いてみよう！」

そういうわけで、くじを引いてみた。私は中吉だけど、悠くんは末吉だった。おみくじの結果はあまり気にしていないみたいだから、平然としていたけどね。

「今度こそお守りを買って帰るとするか」

「そうだね。遥華ちゃんや陸の分も買って帰らなくちゃ」

私たちはお守りを選んで買いそろえていく。悠くんとおそろいで鶴を象《かたど》ったお守りなども買っていく。もちろん、縁結びのお守りも忘れずに。

今年も一年、皆と楽しく過ごせますように。神様、よろしくお願いします。

# キャラクターデザイン大公開 turn.01

『Unlimited　World ～生産職の戦いは９割が準備です～』で活躍するメインキャラクターのデザイン画を大公開！

Illustration：ふぇありぃあい

▲悠がメガネをかけていない扉イラストを公開！

都築《つづき》 悠《ゆう》／15歳
基本的に冷静かつ面倒くさがりな性格だが、家事はやる。
＝
[プレイヤーネーム]
トワ
種族：狐獣人
武器：ハンドガン
生産分野：
調合・錬金

【プレイヤーネーム】

**ユキ**

種族：猫獣人
武器：槍または薙刀
生産分野：料理

＝

**海藤《かいどう》雪音《ゆきね》／15歳**

悠の幼なじみで恋人。悠が関わることには性格が変わる。

［プレイヤーネーム］
ハル
種族：人間
武器：片手剣
＊特に生産はせず。
＝
都《つ》築《づき》遥《はる》華《か》／13歳
悠の妹。活発で考えるよりもまず行動するタイプ。

[プレイヤーネーム]
**リク**

種族：人間
武器：片手剣＋盾
＊特に生産はせず。

＝

**海《かい》藤《どう》陸《りく》斗《と》／15歳**

雪音の双子の弟。社交的な性格で、わりとずぼら。

［プレイヤーネーム］
柚月《ゆづき》
種族：エルフ
生産分野：裁縫
トワのクラン仲間。姐御肌で頼れる存在。
［プレイヤーネーム］
ドワン
種族：ドワーフ
生産分野：鍛冶
トワのクラン仲間。落ち着きのある性格。
［プレイヤーネーム］
イリス
種族：ハーフリング
生産分野：木工
トワのクラン仲間。明るくて元気。

# あとがき

皆様、はじめまして、あきさけと申します。本作『Ｕｎｌｉｍｉｔｅｄ Ｗｏｒｌｄ ～生産職の戦いは9割が準備です～』を手に取っていただき、誠にありがとうございます。

ご購入いただいた方には多大なる感謝を、まだ購入を検討している方は、できれば購入してもらえると嬉しいですよ！　あとがきを読んでから買うという方も多いですからね。ええ、作者も昔はそうでしたから。

作者的には、第一巻ですし、あとがきを読んで買っていただくよりも、表紙や口絵を見てパケ買いならぬジャケ買いしてくれても、いいのですよ？　……ジャケ買いという言葉は、このあとがきを書いているときに初めて知りましたが。

さて、この作品ですが、自分の読みたい小説がなくなってきたため、自家発電的なあれで書き始めた小説です。もともと、作者はＶＲ系の小説が好きでいろいろと読みあさっていたのですが、ある日、自分が読みたい小説が遂になくなってしまったのです。そのため、自分ならこういう小説が読みたいな、的な考えで気楽に書き始めたのが本作になります。そんな小説が、書籍化されるなんて作者も驚きです。

本作は『ゲームらしさ』を前面に出した作品です。オンラインゲームをやったことがある人には、共感していただける部分もあると嬉しいかなと思っています。

そして、書籍版出版にあたり各方面に多大な感謝を。

物書きを始めて一作目、それも、どの程度の実力があるのかわからない本作を選んでいただき、書籍化の機会を与えてくださった新紀元社様、本当にありがとうございます。

良くも悪くもド素人だった作者をサポートしてくれた、担当編集のYさん、いろいろとご指導いただきありがとうございました。

各キャラを注文通りに、作者の想定以上に可愛らしく描き上げてくれたイラストレーターのふぇありぃあい先生、完成してきたユキのイラストを見たときは本当にテンションが上がりました！

そして、今まで本作を読んでくださった読者の皆様、未熟だった作者にいろいろと感想をいただき本当にありがとうございました。ぜひ、これからも継続してお付き合いいただければな、と思います。

それでは、そろそろ終わりにさせていただきます。願わくば、二巻でまたお目にかかれることを祈ります。

……二巻が出版できるかどうかは、一巻の売れ行き次第だから、できるだけ買ってもらえると本当に嬉しいですね！（しつこい）

あきさけ

# Unlimited World
# ～生産職の戦いは９割が準備です～

2019 年 12 月 31 日 初版発行

---

【著　　者】あきさけ

【イラスト】ふぇありぃあい
【編集】株式会社 桜雲社／新紀元社編集部
【デザイン・DTP】明昌堂

【発行者】宮田一登志
【発行所】株式会社新紀元社
〒 101-0054　東京都千代田区神田錦町 1-7　錦町一丁目ビル 2F
TEL 03-3219-0921 ／ FAX 03-3219-0922
http://www.shinkigensha.co.jp/
郵便振替　00110-4-27618

【印刷・製本】株式会社リーブルテック

---

ISBN978-4-7753-1774-7



---

※本書は、「小説家になろう」（http://syosetu.com/）に掲載されていたものを、改稿のうえ書籍化したものです。